Jae Jae in JP
目錄CONTENT

日本居大解惑

為愛遠渡重洋，從台灣飛到日本，從一句日語都說不完整到代表公司發表簡報，活生生是一部異鄉遊子奮鬥史……

故事開始有如日劇般的浪漫，到真正融入日本人的文化，接接從各種不一樣的角度切入剖析，從與大王的感情解讀日本人的感情觀、以及遊戲公司工作看見日本人的工作態度，再從日常生活中品味到中日兩地文化的大相逕異，輔以有趣的描述以及親切的畫風，接接硬是讓我的臉上多了幾分微笑。

除了生活上的點滴，接接也在書中特別談到了日文學習以及日本簽證等問題，對於想前往日本留學或者工作的讀者，也有畫龍點睛的功用。

如果不是對日本文化有興趣，對日文一竅不通，更是沒有打算前往日本發展的人，翻開這本書，就把腦袋放空，一路大笑到看完也不錯！

金曲獎最佳團體 大嘴巴 女主唱
千田愛紗

接接在日本的由來

時間：2004年
地點：東京成田機場
人物：台灣小女子——接接

雖然說，去年也有來旅遊過，但是這次的心情，跟以前來日本玩的時候都不一樣。

除了開心之外，更多的是忐忑不安，跟前途茫茫⋯⋯

因為捏⋯⋯

這次是要來日本居住滴⋯⋯

為什麼好端端的台灣不待，要跑到日本住的理由？

就要從去年開始說起——

話說，去年的秋天，在下還是一個在台灣遊戲公司當小美術的上班族，
身在動漫狂熱的遊戲開發部門裡，些許格格不入的哈日小女子一名。

某遊戲公司　開發部門

周圍同事辦公桌擺滿動漫模型,玩具

← 木村拓哉 海報

← 拜金 LV 桌面

矮油別降喔～
解釋一下咩～

拜金膚淺人
接接是也

什麼!?你連"鐵拳"
都不知道!?
我都鄙視你

好像是有名格鬥遊戲

同事兼友人·A豪先生

雖說對遊戲、動漫一竅不通，但是工作還是做得很快樂，幾乎是無憂無
慮的生活。
超級疼愛員工的——「遊戲橘子」遊戲公司！（懷念呀～）

每天到公司專設的咖啡廳，喝下午茶；還有員工專屬遊戲中心，打球、玩遊戲機；再不然，還可到樓梯間，聊八卦、談是非！喔～不是……（不上進員工壞榜樣，好孩子不要學喔～）

總之，好比那無憂無慮的快樂小小鳥啊！

然後，每天無憂無慮、傻傻混日子的在下，殊不知，即將面臨劇烈的命運大轉變……

後來，趕緊偷偷去跟同事打聽一下，這日本人的情報……

從情報（沒付5百，但請了一杯拿鐵……）得知，這個日本人（也就是後來的大王），這次來出差3天後就要回去，於是在下只好把握機會，去跟大王留msn號碼……

然後，在下當然是使出，不管啦，求求你幫人家買啦！
（外加，在地上滾來滾去的賴皮那一步無恥之招）
成功的跟大王交換了msn。

……慢慢的經過了幾個月，你來我往交談訊息，劇情也就不免俗套的從互相生疏，到彼此鬥嘴，然後還要有誤解一下，然後互不聯絡，到互相懷疑是不是要放棄的時候……

才突然發現，啊呀！原來這就是喜歡啊～～

然後到坦承表白。
最後，以為就是快樂結局的時候，就發現了第一個大難關……

之後捏～也沒經過幾天的考慮，在下就收拾行囊，告別父母，辭掉很愛的「嘎媽尼亞」，去吃了最愛的豬血糕、糯米腸、蚵仔麵線、生煎包、甜不辣、魷魚花枝羹……（種類繁多，不及備載……）

然後，抱著一本「五十音」練習本（日語完全不通～），拖著兩卡行李箱，就給他踏上那傳說中的櫻花之國去了……

一到成田機場，約好大王會來接機，
一起回東京……

啊！来了来了！

緊張

← 第二次的見面

亂髮 ↓

鬍渣

走吧？

← 還有眼屎

嗯？

七龍珠T恤 →

抓抓

當初的光鮮、亮麗、好搶眼，
跑哪去啦？
而且，以前沒有穿過七龍珠T
恤的啊……！
（好吧，也許有穿！但透過
msn鏡頭看不出來啊……淚
…）

…… 我當初是哪裡覺得這位
一定是宅男的宅男是我的菜來的啊…

11

就這樣，展開了接接到日本的生活……

就這樣，因為宅男大王的關係，在下進入了「櫻花之國」
的生活，開始體驗真實日本的一面，也跟大家分享。

敬請慢慢享用～～

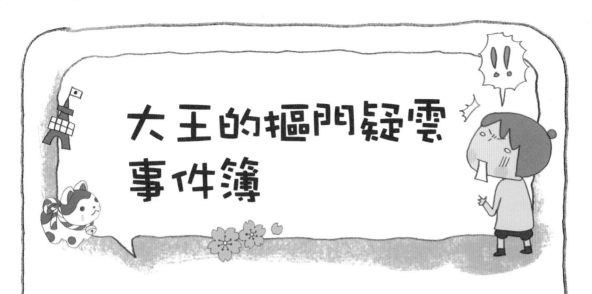

大王的搵門疑雲
事件簿

一開始，還只是懷疑……

疑雲事件1：
當年，還在台灣跟遠在日本的大王遠距離戀愛時……

嗯……但是，也不大可能是窮到沒菜錢啊!?

疑雲事件2：
後來結束遠距離，剛移居到日本不久時……

正在苦背五十音

這麼堅持不買條新的，應該有他的
理由啦……

…有這麼窮嗎…

嗯～可能大王
很愛這件牛仔褲吧…

← 生平第一次補破洞

疑雲事件3：
還有有一次，難得陪大王去逛街買
東西，到原宿一家銀飾店，大王看
中一條項鍊……

牛仔布有夠
難縫的～

あ、これ いいね♪
啊，這個好耶！

→ 純銀項鍊

↑
補好的
牛仔褲

嗯，不錯啊

喔喔♥

どれも
とても似合ってますよー
都很適合您呢～

← 雞婆什麼嘛你

然後……
一個該死的雞婆店員，拿出了另一條
長度、款式都一模一樣，只有寬度差
了0.2公分的項鍊……

0.6公分寬
↓

↑
0.8公分寬

啊不都長一樣…

↑
非常"微小"的不同

15

這一拿可不得了！
讓我們在同一家店、同一個櫃檯、
同一個地方，原地不動整整站了
「2個小時」!!

大王一直無法取捨，到底要0.6公分
寬，還是0.8公分寬的那條……

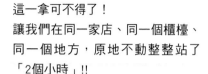

都…
都不錯啊。

唔～嗯～呃～
都很不錯耶～

寶貝妳覺咧？

不過，我可能要去坐下來
補充糖份先…

↑講話剩氣音

站到快貧血暈倒，
冷汗直流，開始眼前一片黑

後來因為我已經臉色發白，大王只
好匆匆結帳，帶我去坐下來……

是有那麼貴到難決定嗎…

嗯～也許大王就只是
愛猶豫而己…

得救了！

← 坐下來…

← 補充糖份…

← 一個臉色慘
白坐路邊

自己沒有飲料
↑
一個窮酸縫補破褲子

而且，我說的 坐下來 好像是
指到店裡坐下來，喝杯飲料
的意思捏，大王…

在那流行先端的原宿街頭……

16

直到最後的最後，終於整個真相大白：

一天，大王難得要帶我出門吃飯，小女子我當然開心雀躍的選衣服、化好妝，帶著要約會的心情跟著大王出門。

心裡一面想著，要去吃什麼呢？

生魚片壽司？⋯⋯不是！

黑毛和牛涮涮鍋？⋯⋯不是！

日式燒烤？⋯⋯也不是！！

17

就在這個時候，就是這個時間
點，真相終於大白了⋯⋯

一切的一切，就只是因為大王
　　　→　→　→ 摳!!!!

18

……真的沒見過這麼小氣到可以的人！

三餐醬油配飯；
衣服破了又補，補了又破，就是捨不得再買一條；一點奢侈品都要考慮
好久，遲遲買不下手的年輕人……
（該說是優點，還是缺點捏？）

……好吧！大王在旁邊唉唉叫說，怎麼都只有寫他壞話？
這裡補上一點，他其實並不小氣的真相……
就是在下小的我，念一年半語言學校的保證金、學費、四年間的生活
費、每半年回一次台灣遊玩的飛機票……等等，所有的支出……
（還不包括每年的聖誕節、情人節、生日等等的禮物）

大王通通不假思索的，一概包了下來……
這一大堆，
在下小的我深深感謝
在心啊～～～m(_ _)m

↑當初要交一年份學費跟
保證金時……

19

開門見山的說，一切都是因為日本的物價太高啦！

到底有多高呢？除了房租高、奢侈品貴，就連那些最最最基本的生活維持費都很驚人！

比如，中午肚子餓啦，走進便利商店買個午餐好了——

隨便的便利商店便當而已喔～
就要4～5百円。
（換算台幣約為120～150元）

雖說很貴，但比起去店裡面吃一餐（普通連鎖店喔，並不豪華的店），隨便也要8百到1千多円日幣來得划算。（約250～350台幣）

好吧！那不吃便當，總還有別的選擇吧？

然後去買飲料好了。隨便一瓶可樂，

好、好，那不吃飯了，
來去買冰吃！

雞肉三明治248円日幣
（台幣約為75元）
75元的三明治～喔喔喔！

要價125円日幣
（台幣約為38元）。
然後自動販賣機的飲料們，也都是這個價位。

便利商店冰淇淋
200円日幣（台幣
約為65元）。

以上這些還只是日本生活花費中，極其平凡的冰山一角。

除了民生用品，像家飾、傢俱類的大型物件，更多的是令人咋舌的驚人價格。

所以除了短期來旅遊，會覺得一切都很新奇有趣，若是長期要在日本生活，就得堅定意志，收起一切慾望，再喜歡的東西都得要清心寡慾。

不然就會敗給可愛東西太多、誘惑太多的日本，然後當個月光光、心驚慌的月光族了。

大王的漏氣床事

話說，當初到日本時，
大王睡的還是棉被鋪地板的那種
傳統日式床，對於睡慣彈簧床的
台灣人而言，簡直是一大酷刑！
（個人強調：跟青春不再的
脊椎骨完全無關，完全無關
喔～）

唉唷 喂呀～
哇 A 腰～

一個扁，完全睡不慣

在我每天醒來，都要靠腰很久才
肯起床的長期攻勢下，
大王終於投降說：不然就去買個
床墊吧！

於是我們到賣場挑床去──

哇! 好多種喔!!
要買 哪個好捏

花錢
我最累

逛了一圈床墊區，看了價格大概都是3、4萬日幣起跳（台幣約1萬多）。
大王一語不發的掉頭走……

滿懷疑問的我只好跟著大王，最後走到露營用具區……

（又沒有要去野外!?）

大王東翻西找的，終於找到他心中的最佳選擇……

我除了一個傻眼，外加心中無限個碎碎念……
看在出錢的是老大的份上，也就默默點頭跟著滿意的大王去結帳。

P.S.日幣八千，約台幣快三千。

回到家，馬上把氣充飽，鋪上全白乾淨的床罩，倒也還滿像一回事的，睡起來也不至於太難睡。

如何?

←充氣完畢

嗯嗯!還不錯!

於是就和平的睡著雙人氣墊床，也就這樣過了幾個月。

↑
鋪上床單 還蠻好睡的

一直到有天晚上，

我被推擠到從睡夢中醒來……
（要一向沉睡如豬的我，從睡夢中醒來還真不是件容易的事！）

好擠啊~

淨~

原來是……
咱家的床~漏氣啦!

唉喲~好擠喔~

幹嘛一直擠過來啦~

睡→

擠~

漏氣中兩人往中間凹陷，
所以越來越擠

所以一漏氣，中間就陷下去。
睡在上面的人，就會被兩邊的床
擠到一個不行……

斷面圖，圖解就像這樣→

後來，又堅持著睡著漏氣床好幾
天，一直到床終於完全扁掉。
（睡前充飽氣，一到天亮，
兩人是睡在扁平的塑膠布上
……）

最後只好把沒用的漏氣床給收起
來，繼續睡棉被鋪地板。
（我當然又回復每天早上要靠
腰一下的劇碼！）

有天，大王又把漏氣床翻出來充
氣……

一問之下，大王的補漏氣計畫是：

大王的計畫
↓
浴缸先裝滿水

把床塞進去，
各個部位都
壓一壓，
找出有冒泡地方
的地方，

把破洞補起來，
就又是好床一條了！
↓
鏘鏘！

科科

實在不曉得
我為什麼這麼
聰明！

實在不曉得這是
什麼漏洞百出的
計畫…

噗嘍

床墊型錄　←偷偷在翻床墊型錄了！

過了約莫一個小時，
大王氣呼呼的拖著濕淋淋、笨重
的漏氣床出來……

如何？找到破洞了嗎？

在浴室弄很久，
一整個又熱又重又累
↓

找不到，
破洞太小了

這什麼爛床！

←怒

←假面人

這下才肯下決心，把沒用的漏氣
床拿去丟掉。

然後在通販型錄上，挑了一張新床墊。

（這次終於是實實在在的彈簧床了!!淚～）

最後送貨員把新床送到，摳門大王掏錢包付錢，才終於結束我們買一張床，這麼看似簡單，
事實上百轉千迴（只因摳大王）的過程啊～～

接著說：**第2次買床**

第2次買床時，看的是這種型錄：

裡面有各式各樣的傢俱、衣服、生活用品等等等。

日本的這種購物型錄種類很豐富，家裡的家居用品，透過這種通販購買的日本民眾也不在少數的樣子。

有很多不同家的通販，種類非常豐富。

流淚婚紗照

2005年，部分因為簽證快到期的關係，所以我跟大王匆匆忙忙的辦了註冊結婚。

在那之後，也就一直沒有補辦喜宴之類的正式結婚例事。

一直到後來，時間比較有餘裕了，才開始跟大王商量結婚該怎麼辦的事……

嗯，好啊，那你要辦什麼？

教堂婚禮？

穿婚紗捏！美啊～
（陶醉幻想中）

ううん，都不用，
我只要"拍婚紗照"!!

要拍的美美的那種

然後大王說，好啊～一切你作主就好……

（回頭繼續埋沒在電玩裡）

嗯嗯～降也好∧∧反正我就可以很自由的決定要拍什風格，找哪家拍等等的細節。

之後，經過一連串網路爬文，及向親朋好友詢問之下，終於決定一家，指定一位人氣很高的攝影師。

期待呀呀呀～

預約之後，我跟大王就開始準備到時
請假一週回台灣，搞定拍照事宜。
回到台灣，因為拍照前要先去跟攝影
師溝通拍照風格等等的，所以我就先
到攝影公司去報到……

好，下一位是？

緊張及

啊，是！

傳說中的人氣
攝影師 ←

↑
陪我一起壯膽的
好友"米塔"

在大概講了一下我想要的風格，攝影
師就開始滔滔滔不絕……@@

好的，大致上了解了，
那我 解釋一下當天的狀況囉～

好，也許我会
一下 就要你 降做！
或也許要你馬上 降擺！

呢～

步調快的我們倆

嗯嗯…

一頭霧水

步調超快 →

← 芸術家型

集中忘我
攝影師

當天溝通了整整3個小時！
（幾乎都攝影師在說～）
@@聽到一個頭昏腦脹……都快忘了
我是來幹嘛的……!?

最後攝影師說，不懂沒關係，主要幾
個重點有抓住就好！
然後他講了幾點擺姿勢的重點，要我
記住，在當天就降配合就好……

據說這樣拍起來
就會很有感節，
很有FU～

1. 下巴要抬高
2. 嘴唇要微噘
3. 用嘴呼吸
   ↓就變降

到了拍照當天，我懷著一顆忐忑又期
待的心，拉著大王到攝影棚報到……

哇～
緊張～
好！那正式來了喔！

←帶到現場玩的NDS
（我太佩服你啦～
宅男大王……）

然後就動作超快的，劈哩啪啦拍完了第一組照片。
在我要去換下一套衣服的時候，我趕快趁機要求看一下剛剛的照片……

我剛剛一張都沒有擺出笑容耶……降好嗎……!?

在我一再要求下，終於……攝影師答應讓我先看照片。

結果一看──

每一張都由下往上拍……
要我抬頭用鼻孔看鏡頭，果然拍出來就變一隻……豬!!

快速看完第一組照片，除了整個超級大受打擊，心裡超級受傷加萬分沮喪！

真的差點就當場在攝影棚，號啕大哭了起來……

然後當下決定，老娘不要再聽人氣攝影師的擺佈啦……還以為有多厲害咧…！茄～～～

於是就決定，之後都要用自己知道的拍照會好看的角度來擺動作。

個人的拍照祕笈↓

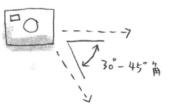

鐵 則：

1、臉絕對要低於鏡頭 30~45度角（眼睛才會大）

2、笑到露齦（下巴才會尖）

← 必要時，可微蹲，保持低於鏡頭

第二回合開始拍照，攝影師還是照樣二話不說，一個箭步，就蹲了下來……

呃… 可以拍俯角嗎？

不！降取景才會活！←堅持

完全仰角

降我是要怎樣低於鏡頭…

然後不管講幾次，攝影師還是一直蹲著拍。

老娘就只好抓準時機，見他一蹲，我就馬上也蹲！

（大王都不知道當時老娘心裡有多忙……一邊擺姿勢、一邊在跟攝影師勾心鬥角的……^^;）

← 努力不要旺眼的大王

好，再來！

好！你蹲我就跟你撬老娘就趴！

↑暴走
（動作迅速,還要保持笑容）

就這樣啪啪啪的拍完了照片。
（據說拍了400多張……@@）

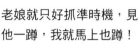
幾乎都是降↓

←背景,色調美翻,

←大王,沒旺眼但很呆..

↑
新娘,笑容滿面.
下巴尖的完美,但永遠蹲著...

33

隔2天後，我帶著妹妹一起去攝影公司挑照片。
妹妹看到第一組鼻孔看鏡頭的照片……

當然都不選!!ㄥㄥㄥㄥ

接著說：在下的婚紗照

↑蹲著

↑不良集團!?

好想重拍啊啊啊啊啊～

難過呀！

永遠的蹲坐著，以致於完～全看不出穿的是長怎樣的婚紗……（泣～）

到日本第三年的春天。
宅男大王說：

尤其是新宿（o′Д`o）
好的地點早被佔去了。

隔天，大王下班回來說：

然後當天,
買好便當、零食,一路開開
心心出發去賞櫻!

到達賞櫻點,果然一片粉
紅,美得很夢幻……

當天美不勝收的櫻花。

之後，過了約半年——

難得回台灣玩，正在給家人看在
日本拍的照片……

回到日本後，氣極敗壞的問大王：

你幹麼帶人家去墓地啦!!

很恐怖耶!!

吶可??

你好膽擋到我玩電動喔!

咍!!

我恨你～

……筆筆，所以你不知道那裏是墓地喔？

我怎知!!!!

用看的就知道啊……

我不知道你腦室的這麼嚴重耶……

嗚哇

看看這個正在快樂的吃著櫻花便當的傻蛋……
後面箭頭處，一整排阿飄的家啊！

（笨到分不清墓碑和石柱……）

誰去研究你們日本墳墓長什樣啦～

人家以為只是長的比較莊嚴的公園嘛～～（羞）

可以閃邊讓我玩電動了嗎？

春蟲成降

零我說什麼呢？

越說越丟臉

38

PSP慘案

之前，大王好心買了一台
PSP給我當聖誕禮物……

剛開始當然是滿開心的，但不久
本性就展露無疑……

沒有再碰過那台PSP↓

後來大王乾脆看破，就接收來玩，
也玩得不亦樂乎。
相安無事了好一陣子。

過了幾個禮拜，預料不到的慘案就
發生了！
話說那天敝人剛洗完澡，很快樂的
在耍白癡時……

41

那次之後，雖然沒有特別被大王責怪，但是就是隱隱約約感覺到一股說不上的寒意……

—轉身—

水玉點點內搭褲

還記得2007年冬天，東京一整個冷到爆。

↑騎車上下班的大王

結果隔天大王回到家……

然後過了幾個禮拜，妹妹與男友到
東京旅遊，順路到我家來玩。

大夥兒玩得一片熱鬧……

一直到過了好幾天，
妹妹回到台灣，打電話給一直
不知情的我，支支吾吾、避重
就輕的關心姐姐的婚姻生活
……

姐！妳真的過的好嗎??
千萬不要逞強！
不開心 就回來吧!!

不要強顏歡笑呀!!

蛤?

??

狼洗控台A……

……瑋瑋，
你姊夫真的沒有女裝癖啦～

接著說： 傳說中的內搭褲

人家的無印可愛點點內搭
褲，被大王穿到一個鬆垮
垮的慘狀！

還有3色可選捏！

明明就有這種男生專用的防寒
內搭褲……

洗屁屁

最近，進入新公司，觀望了好久，終於鼓起勇氣按下「開啟」按鈕，那就是——

← 溫水
洗屁屁馬桶

沒錯，溫水洗屁屁馬桶！
（我知道現在才發現，很落伍啦……因為一直不好意思用嘛～～）
在冷颼颼、冰死人的冬天裡，有誰可以溫暖的幫您重要又纖細的屁屁，溫柔的、輕輕的沖洗的乾乾淨淨捏～～

就是這一台，最近發現它的好用後，整個愛上它～～

身も心もいやされる丁

身心都被療癒了!!

溫水好舒服
屁屁好乾淨!

所以最近都盡量帶到公司解決……喔不是……（〃￣ω￣〃）

然後回到家，趕快跟大王分享
我的小發現。

從那次之後，我就視洗屁屁馬桶為危險機器。
一直到兩年後的現在，才又鼓起勇氣啟動他。

原來是一開始的設定開在最超強，大王沒發現，就給我按下去……

然後……我柔嫩的小屁屁就被摧殘啦～～無敵霹靂痛的(●'□'●)

才發現原來人家它也有溫羅的一面啊～

百年之戀

日本有句俗語:「百年の恋も冷める」,直譯成中文就是「百年的戀情都冷去」。

通常用在非常非常喜歡(幾乎有一百年份的戀情)的對象,對他(她)瞬間感情冷卻的時候⋯⋯

例如:
美女だった彼女の鼻毛が出てるのを発見したとき⋯
百年の恋も冷めた⋯

暗恋已久的美女.
突然看到鼻毛 探出來
說哈摟的瞬間⋯

百年の恋も冷める瞬間⋯
(百年的恋情也冷去的瞬間⋯)

再一例：
身長185cmの超かっこいい彼をゲットし初デート。
ホラー映画を見に行くことになったんだけど、
突然死体が出てくるシーンで
彼が「ウギャ～」という悲鳴とともに椅子から飛び上がり、
持っていたポップコンやコーラをあたりに散らした。

跟身高185的超帥男友的初次約會，
一起去看恐怖電影。
看到突然有屍體的畫面時，男友嚇到慘叫一聲，還從椅子上跳起的瞬間…
百年的戀情都冷掉了……

那次之後，就沒再跟他約會過了……

就在某個禮拜的某個夜深人靜的晚上，大王正在快樂的玩著線上遊戲……

↑線上建城攻城遊戲熱衷中

突然，在一整片寂靜裡……

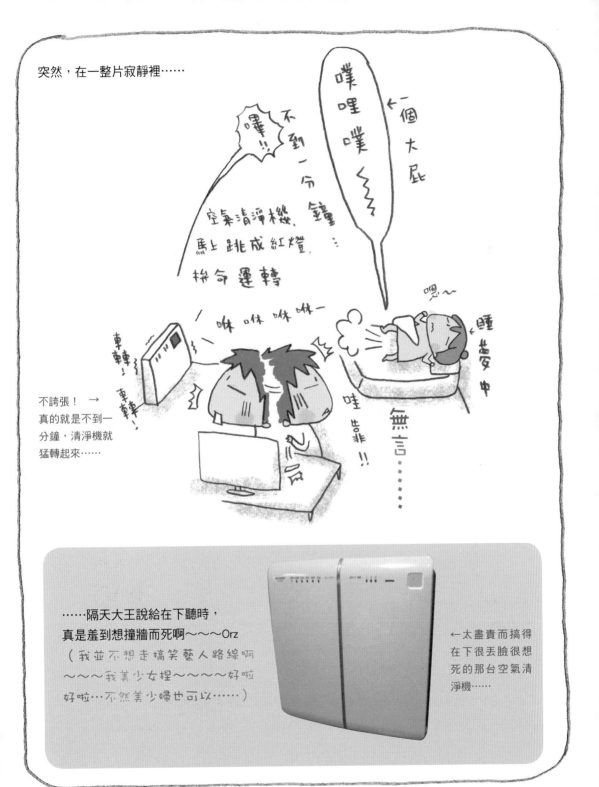

不誇張！ →
真的就是不到一
分鐘，清淨機就
猛轉起來……

……隔天大王說給在下聽時，
真是羞到想撞牆而死啊～～～～Orz
（我並不想走搞笑藝人路線啊
～～～我美少女捏～～～～好啦
好啦…不然美少婦也可以……）

←太盡責而搞得
在下很丟臉很想
死的那台空氣清
淨機……

55

接著說：百年之戀

因為有「百年之戀」的這個說法，所以日本的女性為了不讓百年之戀在那意料不到的瞬間冷掉，可以說是費盡心思，做了百般的努力。

最常見的，就是夫婦住在一起10幾年，老公說從來就沒有見過另一半在自己面前放屁過。

（太佩服日本女性啦！）

然後，還有為了在男友面前，永遠是完美的一面，除了女廁裡很普遍的都會有補妝用的場地外，

（讓你不管外出到哪玩，都隨時可以把妝補好來）

不管是在車站內還是哪的女廁 在化粧臺永遠都會有人在補粧...

哇～

市場上也出現了很多非常人氣的、強調任何場合都不會掉妝的化妝品系列。

噴霧式的不掉妝系列

不掉妝的隔離霜系列

最後，最厲害的是這種——就連到男友家過夜，也不想素顏見人的女生，還有這種——過夜用、睡覺時上著妝也可用的粉底。讓你連睡覺時，都完美無缺！

看到這裡，對於日本女生防止百年之戀冷卻所付出的心力，的的確確心服口服了吧！

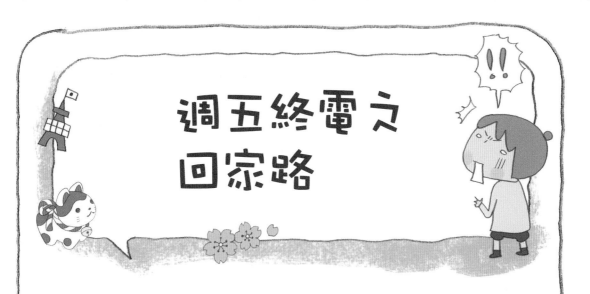

週五終電又回家路

大家都知道，在日本搭電車一定要避開上下班的尖峰時間，一不小心擠上尖峰時間的電車，就只有一邊淚流，一邊跟臉貼得超近的陌生歐吉桑玩鼻碰鼻的遊戲了……囧尬～

另外要提醒的是，除了尖峰時間，還有一個一定要避開的時間——
那就是「終電」，而且是星期五的終電！
因為是最後一班車啦……再晚就只能搭貴死人的貴族小黃，或是乾脆去網咖待到早上再搭電車回家……鐵人喔～～
所以，通常星五終電上，就是一陣濃度百分百的酒臭味+滿嘴拉麵餃子味……
（夠噁吧）

啊～然後呀，如果搭終電的地點又是超級繁華區（最慘的就新宿、涉谷、池袋等豺狼當道的地方），那喝掛的人就更多了……

很不幸滴，在下家就要在新宿搭車。
話說那一天，我加班加到昏頭忘了是禮拜五，等發現的時候，已經剩下最後一班電車了！
因為也沒別的選擇，只好衝去搭終電……

JR山手線
新宿駅

慘 拉～

題外話

晚上最後一班電車，就叫「終電」，通常也是日本人下班「飲み会」玩樂喝酒後，喝最醉那一掛搭的那一班車。

終電車站人滿為患就算了……

問題是星期五啊……玩樂區的新宿啊
……

於是車站內一片吵雜，大家又擠又慌
又趕的(≧д≦)， 每個人都以一定要
搭上的決心在奔跑！

然後，除了比誰狠心賽的另一種族群，
就是看破世間的一群……
（基本上是大爛醉了，心有餘而力
不足～）

死的死、被扛走的被扛走…

醉死在路邊的
上班族
↓

大丈夫ですか～

流浪漢
都鋪好床了

我沒醉～

駅員要負責搬走
醉倒的人
免得發生危險…

於是白天是繁華的先進地鐵站，一到星五
晚就變這副德性……

噁～

キャッ
←遠處不知為何有
尖叫聲

←到處一灘一灘

醉昏頭的潮女
毫不在意的
坐在嘔吐物旁
打mail

這要怎麼衝
……!?

嗚哩嘩啦

嗚嘔～

媽～
好想哭…

鞋子也不要了

你想找刺激嗎？一成不變的生活太無聊嗎!?想親身體驗「週五晚如戰場」這句話的年輕人——

我們有實力派醉漢男女優媲美蝙蝠俠特效班的擬真障礙物，還有…還有……意想不到的驚喜小物在路上等著您。

最重要的是，只要您來參加，親身體驗，通通不用錢！

戰地有情天之終電篇——回家之路，每週五晚，場場加映中！

 接著說： 終電實照

時間：週五晚上過12點
　　　（最終電車時間）
地點：新宿車站

終電啦！大家衝的衝、跑的跑……

傳說中的醉到坐車站內的迷晃潮女……

擠啊！

最後一班電車啦！一定要擠上去！

另一方面，在車站的上方，也是有很多喝到掛的人客。

最後一班電車開走後，上月台的入口就會像這樣被封起來。以免喝醉、昏沉沉的人還上去傻傻的等電車。

有人在等車時已經不支倒地。

這位坐在地上的人客，並不是壞人，也沒有受傷。出動3位警察杯杯的原因，只是……喝掛了而已！

就是你！
歡迎來參加！

輕井澤滑雪去

上禮拜，跟大王公司的同事一起報名輕
井澤滑雪的巴士旅遊。

一大早就趕去集合……

冷～

好睏啊─

大王的弟弟
↓

然後搭上巴士，往輕井澤出發去。

スキー の バス ツアー

當天是去這裡──
輕井澤滑雪場的巴士旅遊
一人約6000円日幣

滑雪 的 車程巴士

到達輕井澤滑雪場後，大家開始選租滑雪的器具。

因為去年第一次去滑雪時，已經玩過滑雪橇（手拿兩隻拐杖那種）。

去年
第一次的滑雪

←滑雪板

←滑雪

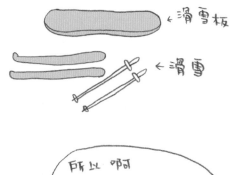

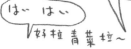

所以這次決定換滑雪板!!

穿好鞋跟滑雪板，準備去
坐纜車……

花了10分鐘才勉強走到……
（已經一身汗）

終於坐上纜車，大王開始叮
嚀注意事項……

主要是因為下纜車時，若不注意的話，
很容易受傷。

結果到了下纜車的點，我用力一推椅子，整個一屁股坐上板子，站都站不起來。（腿軟的關係）

還好大王有發現，趕快用力一推，才避免我被後面來的纜車撞上……

然後把我帶到旁邊坐下來穿鞋……

然後正在喘口氣休息時，看到從剛剛的纜車，輕輕鬆鬆的跳躍下來，然後一邊嬉鬧，還可以直接滑過來的日本女生二人組……

結果，沒想到二人組一看到下坡的陡度，就瞬間停住並發出慘叫……

當我正在挫了起來的時候，穿好滑雪板、滿面陽光笑容的大王滑過來說：走吧！

一直在山頂上撐也不是辦法！
（不然要怎麼下去@@…除了部落格
讀者說的，叫工作人員來救人……）
只好抱著必死決心，準備衝下去了……

近看還真的很嚇人！

最後，我閉眼狠心一衝……

然後，越衝越快！
就在我失去平衡快要跌倒時……

↓去年的經驗↓

哇一
雪好軟喔一

一點都不痛一

哇哈哈

要跌就跌吧一

猛衝一

嗚！

石並!!

いっっっった一

走召!!! 痛!!!!×100倍!!!

痛到說不出話來..

痛到快失去意識同時納悶著，奇怪！
啊～雪不是很軟嗎!?
怎麼我跟撞到卡車一樣痛啊～～～

後來一問才知道，原來雪地也要看
天候的……
昨天天氣回暖的關係，所以今天的
雪地變硬了！

—請看圖解—

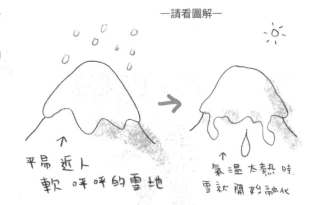

平易近人
軟呼呼的雪地

氣溫太熱時.
雪就開始融化

經過夜晚的低溫，融化的水又再度
結成冰。
整個在雪地裡，根本看不出來是
冰，還是雪！

結凍成
堅硬的冰塊

堅硬有如
水泥地

你沒事吧？？

衝太快拉你

看起來像雪
↓
其實是冰

我想我一定
有哪裏內出血拉～

久久站不起來

等於從山上全力衝下來.
用力撞在水泥地上一樣…

接著說：以下為實況照片……

騙人的

↑有沒有好像很會滑!?（等下就要摔跤了……）
看看那片潔白的雪地……騙人的!!
那其實是大理石！大理石地來的啦!!（怒）

↑摔倒在思考人生的意義……
（望天悃悷中～）

後來決定先中場休息一下，
先跟大家去吃午飯。

どうだった?
好玩嗎?

呃…嗯…
大家都沒摔倒的樣子…

大王的同事們，都蠻會滑的

騙到手還在抖

果然還是咖哩才對～
やっぱ
かーだな

↑據說來滑雪都要配咖哩
才是王道

大概看我痛到臉部抽筋吧!?
大王的同事美加小姐說：

天啊！這是什麼好消息!!!
（怎不早點說～～～）
美加小姐，妳太貼心啦～～～

吃完午飯，我速速與大王告別。

真的不跟我們去滑雪喔?

嗯!拜拜捏

好吧!我承認台灣人就是愛泡湯 ^^

看起来有點落漠，又好像有點快樂? (這混蛋) 的大王

當然是選泡湯啊一

到了露天溫泉，一打開浴室的門……

哇!!

←紅通通的夕陽

遠遠一片雪山

←冰天雪地

←天然露天泉

超美

媽呀～這根本是電視裏的絕景湯嘛～

太奢侈啦～

感動

到了集合的時間，才依依不捨的離開絕
景湯……

全身暖呼呼
也軟呼呼

讚啊~

集合的巴士

好棒的絕景湯啊~
魂都泡軟了~
癢傷啊~~

到巴士與大王會合，司機先生好像在報
告什麼……
原來是我們巴士上，有人滑到摔斷腿
Σ(一Д一)，必須先載他到山下去包
紮。

司機先生
↓

呃—不好意思.
臨時有狀況,
車程會改一下…

溫泉好讚捏—

還在軟

噓—
聽他在說什麼

回到新宿，我們下車後，真的看到了那個摔斷腿的人，一跛一跛的下巴士……
（超慘……）

所以啊～以後大家去滑雪，萬一雪況不佳，千萬不要硬滑捏！受傷就慘兮兮咧
（￣д￣；）……

哇—
幸好有聽
美加的建議

明天還要
上班吧…

真慘…

傳說中的恐怖纜車

↑上面的人是大王的弟弟

當天是去這裡——
輕井澤滑雪場的巴士旅遊一人約6000円日幣

↓當天去滑雪的地方
大家在這滑來滑去

我在這裡摔那很痛的一跤

然後就到這裡去泡絕景湯了～

匪夷所思的絕對定律

前2週,就在下生日的當天,剛好公司部門辦聚餐。所以加完班,直接去聚餐。

(當然自己的生日晚餐也就沒了……)

あと 10分で
会社出ましょう〜
(再10分就閃人喔〜)

嗨一   嗨〜

嗨〜

嗚哇〜
還沒畫完拉〜

再趕一下〜

啊! 這裏忘了改!!

↑
每天忙的像鬼...

大家到了聚餐的居酒屋就喝了起來。
不知為什麼，日本人一碰到酒精有個定
律就是會屢試不爽：

絕對會變身！

絕對公程式：

日本人 ＋ 酒精 ⇒ 絕對變身
定律

舉例1：

先是我的上司——**大津先生**

陽剛味百分百
專案經理

塊滾裝
只聽重金屬

生啤
一杯下肚

ヤダ～ やめて,てば～

討厭啦～

人家不來了啦～

軟綿綿 快溶化一樣…

一杯下肚而已，就會變身成娘，講話動作都超撒嬌的……
(-ω-；）汗……

接下來是很受大家尊敬的藝術總監——**花澤先生**

型男藝術總監

每天都戴不同帽子
最近買了一台 復古双眼相機

燒酒
下肚

睡魔上身？
(一聲不響就睡著…)

總監… 要叫醒他嗎.

什時睡著的啊???

神不知鬼不覺就睡著……

然後，還會在最佳時刻醒來……

最後一輪點菜，
大家正在點甜點時...

我要冰淇淋

我要巧克力
蛋糕！

啊啊！我也要冰淇淋！

←突然醒來點
冰淇淋
的總監...

←滿眼通紅

總監愛吃甜食？

最後是坐我隔壁的美術設計師——羽田先生
是個不折不扣的好青年

神清氣爽 好青年
美術設計
↓

おはよう！

早安

每天坐車通勤

那天他堅持不喝酒……

不！我
絕對不喝酒！

堅決不點酒

大家忍不住追問他為什麼？
原來是之前，有一次在朋友家喝
酒，喝得太High一整個失控……
（他本人不記得，是朋友後來氣
到不行跟他說的）

鬧到最後還吐血!!

然後，回到公司聚餐。
後來聚餐結束後，在回家的電車上——

想起來今天是自己的生日……

回想起以前在台灣，每次過生日
都是跟朋友熱熱鬧鬧的……

過12點，
生日都過了……

終於到家……

接著說： **為何日本人喝酒一定會變身呢？**

那是因為在日本，上班實在是太ㄍㄧㄥ、太ㄍㄧㄥ了！

所以一喝酒，就更要徹徹底底的大～放鬆、玩樂，才能盡興，一解白天的悶氣。

所以，以前常在漫畫或日劇裡看到的，穿著西裝的日本人歐吉桑喝得醉醺醺，然後把領帶綁頭上，呵呵傻笑。

（這一招不知為何很受歡迎，日本人很愛玩～）

這種經典場面，相信大家也看過很多，那就是變身啊～

只是大家不知道的是，隔天到了公司，這位傻笑歐吉桑又會切換到工作惡魔的模式，簡直令人不寒而慄啊！

跟日本人喝酒去

哈哈！

話說上禮拜五，部門辦聚餐，整個設計部下班一
起去喝酒。
是的，日本公司的聚餐整個重點是「喝酒」！
因此肚子並不會被填太飽，所以不用肖想說從中
午給他餓到晚上一次去吃個飽！
（貧賤草民在下就是會有這種歐巴桑行為）

喝酒去啊！喝酒去！
（為什模最大的是韓國人捏？
因為這是間韓國的日本分社～）

經歷過之前的日本公司聚會，餓狠狠
給他撲空幾次後，這次終於學會要先
吃一點點填空，然後去大口喝酒。
（真的是餓死輪了～端上來的一
直都是配酒小菜……我的飯捏？
餓到最後的一道茶泡飯，還是沒
吃飽！茄～）

角色設計部門成員：
兩個日本在住韓國人
（設計部長、副部長）

留美歸國日本人

←其餘全日本人
（30幾人）

只有我一個
台灣人

一堆人一路上浩浩蕩蕩，
大概的成員像這樣。

到達聚餐地點，全員一同乾杯第一口後，不意外的，日本人開始一個個變身⋯⋯

有變身很娘的男子漢主管⋯⋯
也有變身湊上來猛粘猛粘
平常是害羞女的舞田小姐⋯⋯

呼哈～
討厭啦～

沒錯，就是那位
← 喝酒就會變
很娘的主管

一杯下肚就像貓一樣
猛蹭猛蹭

カダ～
かわいい♡♡
♪妳好可愛啦～

開始了！

方第一杯握⋯

那個⋯有點熱⋯

阿諾～（あの～）
就不能好好正常的喝個酒咩？

這位是変猫呀⋯
（暗記）

平常是這樣↓
あの⋯
えと⋯
文靜又害羞

人海茫茫中，終於給我找到一個日本同事是酒精下肚也不變身的稀有品種！

趕快湊身上前巴住不放⋯⋯
喔不是，是湊上去跟她閒聊！

台湾へ行きたいのよ!!
すごく!!
我好想去
台灣玩啊!!

少數喝酒也正常的
↓左沙小姐

うん!是非!!
嗯!絶対喲～

是個叫左沙的日本女生，據她說，之前有到過香港、北美遊玩過，也非常想到台灣玩！

私も行きたい♡
人家也想去!!
嗚呼

↑完全変身

P.S.以下每一格「小貓」舞田都還在粘喔！只是每一格都要畫，我好累，就⋯⋯省略！！（哇哈不管!!）

然後開始台灣的話題……

來～大家跟我念一遍「拍伊奈普魯ㄎㄟ、ㄎㄧˊ」。

有沒有完全陌生？
有沒有!?這是什麼鬼？根本沒聽過，你確定這是台灣食物？
還是你嘴裡的滷蛋給我吐掉，好好再講一遍！！
是的，在下聽到「拍伊奈普魯ㄎㄟ、ㄎㄧˊ」時，心中充滿不宜登大堂的OS外，還要努力的給他絞腦汁，拍伊奈普魯是什麼鬼……!?

最後才勉強的想到……

啊～～日本輪的舌頭不輪轉，她講的可能是英文……
所以：「拍伊奈普魯」＝pineapple啦！！就是鳳梨啦！
那……所以…合起來…到底是什麼鬼…？

日文轉英文，再轉中文，還是不知道左沙小姐講的是三小……

我想，應該是老天爺終於看不下去了！
想說，你這個腦殘，不要再給我丟台灣人的臉啦！
所以用萬能神杖就往在下的空空如也的頭上，用力貓下去！
才終於腦神經突然給他連結起來，想到到底是什麼了！！

腦殘不是病，殘起來要人命。

能能大喊 →

あ!! 分かった!!!
パイナップルケーキね!
あれ おいしいのよ!!

啊我知道啦！
鳳梨蛋糕捏，
那個很好吃喔!!

要死了！！就是鳳梨酥啦！！

哈哈！

Good!

是誰偷偷翻成
鳳梨蛋糕傳到國外來的～ 害人家搞不清此～

見我意識終於回復後，左沙小姐繼續熱絡的聊台灣事……
媽呀～我才剛解出一題捏，這快又來!?

あと あと. あの
"コウサンリウグ" にも会いたい!!

かっこいいし～

還有還有，我想見
"扣玡A走庫"!!
很酷耶!

慘了，那又是三小??

88

大概左沙小姐怕我又失去意識很久不回來，見到我腦殘的症狀又快要出現，趕緊想辦法解釋「扣珊走庫」。

日文加上英文再加肢體語言

題外話

日文的高可以念成「高い」（他凱伊）也可念成「コウ」（扣）……還有其他幾種顧人怨念法。
（是的，日文是一種顧人怨又龜毛對腦殘而言極度不親切的語言！）這裡就不詳記了……
正想學的人要覺悟～正在學的人要必死的決心～
已經學完的人，恭喜你，可以流著淚領便當去休息了！

89

嗯？講到哪……
（不只腦殘，同時也很會閃神）

喔對對，然後左沙小姐就很努力的解釋她的「扣珊走庫」。
然後～看不下去的老天爺爺，再度現身，使盡全力神杖給他貓下去……

然後 "サン" 就是山.
山～ Mountain～

啊～

我知道了～

還要比出一座山

高……高山族耶……

我有沒聽錯……!?

你是指高山族喔!

對～～!!

所以，台灣對左沙小姐而言，就是有很好吃的食物跟鳳梨蛋糕，另外就是有很酷的高山族！
（推算應該是在NHK之類的節目看到的）

不過，左沙小姐已經算比一般日本人還要了解台灣了。
（一般日本人還在傻傻分不清台灣跟中國哪裡不同……唉…）

所以在下還是滿高興的，有機會帶左沙小姐到台灣玩的話，怎樣都要找到高山族的朋友給她認識一下滴!!

如果到台灣玩,要介紹高山族的朋友給我認識喔!!

第一想問妳是在哪知道高山族的～（這麼屌）
第二想問我是要到哪去找高山族朋友捏…

嗯～好…

然後，聚餐結束……へ，其實是經歷了2次會（換店家喝）、3次會（再換店家再繼續喝），最後12點才結束！

隔週，禮拜一到公司，一早就見到喝酒會變身貓的舞田小姐，就湊上前去跟她打招呼……

是低，沒碰酒精，個個又變回原樣……
（很想問你們是狸貓喔，還是狐狸？樹葉一離手就打回原型喔！？）

這樣我是不是也要改回不熟的態度才對柳？（事實證明～是低，正確答案）

那個張大嘴說，「三小阿！日本人很怪耶！」的那位，麻煩可以先合攏嘴。
在下當時也是這麼想的。（好啦～我現在還是這麼想）

不過好像就是這樣，看看其他幾位上週喝酒時，還勾肩搭背、好到要接吻的日本人跟日本人同事，今天見面就又恢復互相用敬語（尊敬語）。

好似前晚還「按鈴羊的～乾完這杯啦！跟我好兄弟還計較什麼小！嘎哈哈哈！」今早就變成「您打哪來？喔喔，那兒真是風光明媚的好地方兒呢！」這樣的陌生用語。

前一晚，跟上司喝酒的上班族↓

你我好兄弟，乾啦!!

哇哈哈哈!

上司→

你儂我儂，感情好的很～

隔天在公司：

早安！關於A案子，在下的提案是…

上司↓

嗯！好

一板正經

要馬上切換到工作模式以表示自己不是公私不分的白目，是會判斷場合的成熟社會人

對於我這個一根腸子通到底的台灣人而言，真是摸不著頭緒中的摸不著頭緒啊……（搔頭）

啊～但是達爾文（還是誰!?）說適者生存，入境隨俗～啊不然，你要去東京車站靜坐抗議嗎？又沒便當領！

（好啦好啦～那個達爾文，他老人家沒講後面兩句啦～）

所以，我也就只好裝不熟，假裝前晚的事大家都喝好醉喔！

大家都不記得了，我當然也不記得！

（還真有那種一不小心就會變白目的氣氛說……）

所以結論是，跟日本同事喝酒，不但要應付他們各式各樣的變身，另外等到隔天酒醒，還要記得恢復不熟狀，記得恢復講敬語（公司內一定要；之外好像就還好）。

總之，我好累啊～不過是放鬆喝個小酒，為何我覺得更累捏…@@…

93

跟日本人去喝酒，通常都會有2次會、3次會。也就是去第2家喝，再去第3家喝的習慣。

例如8點去喝，差不多到了10點、11點，就會有人說，那差不多來去第2家喝（2次會）。

然後約2小時之後，還想再喝的人就轉去第3家喝（3次會）。

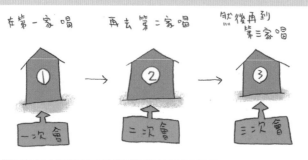

也就是同一家店，大概只待2～3小時就會去換一家。

那為什麼會有2次會、3次會這種習慣呢？

據說，日本的節目有做過實驗：

同一組4個人，在同一家店喝個6小時；隔一天，同一組4個人，分成3家店各喝2小時。然後各自測量了血液中的興奮物質，都比第一天還要高很多，點的酒的數量也多很多。

據說，因為換了地點、換了菜單，有新鮮感，所以也會喝得更High。

然後自然而然2次會、3次會，就漸漸的變成日本人喝酒的習慣了。

超糗打包記

話說某次的公司聚餐結束時，瞄到桌上還剩滿多配酒菜……

一把抓住當天負責訂位的同事問他，我能不能發揮環保的美德，節省地球上珍貴的資源，為我們的星球創造更美好的將來……？

主婦之魂
立刻燃起熊熊火焰！

ごちそうさまでした～
吃飽了，謝謝謝～

天壽～還剩好多喔～

烤雞串
↓
烤魷魚片
→
↑
炸雞

主婦的血在沸騰

阿諾（あの～）
請問一下,行不行 打包帶走啊?

え～
あれはちょっと……
恥かしいし～

打…打包…
不大行耶…
而且
好丟臉啊～

↑貪吃鬼又上身

在一場推推拖拖，你來我往的追問跟婉拒後，同事要江小姐很明確的告訴我，真的不能打包的啦！

我只好眼睜睜的看著滿桌美味，難分難捨……

在旁邊看的同事們，還以為我是喝多了變無賴！

（誰跟你們日本人一樣會變身啦～）
好聲好氣的過來勸我死心放棄。

好…好吧. 我知道了…

別叫我做這麼丟臉的事～

放開我呀～

看不到. 帶不走的美味

死不放人

肚子灌滿啤酒. 塞不下了…

唉喲. 日本 很少在打包的啦～
這樣對店家很不好意思
（重點是很丟臉…）

嗚

據說，在日本真的很少有人在打包的。

一是因為日本人很不喜歡帶給人家困擾（也算是好德），怕這樣打包的舉動，會帶給店家困擾（不喜歡當澳客，所以不做打包的要求）。久而久之，自然就變成基本禮貌及不成文的社會常識。

二是因為日本人的臉皮薄（特別是東京，據說大阪就比較不會），要他們厚著臉皮，在公共場合、眾目睽睽下做打包的動作，好似沒包到這一餐，下場就會餓死街頭一樣的羞恥行為，簡直要他們的命比較快……

還有第三點，是店家也會怕打包帶回去的東西變得不新鮮，客人吃了發生任何問題，店家都得負責（很盡責…這又是一日本人的特點）。所以滿多店家都不提供打包的服務。

但速!!!
在下不是
日本人啊～

在下生長在自由打包、店家不用擔心負責問題的國度啊。
（光是去吃辦桌，最後的打包活動，多熱鬧、多開心啊～）

不管你是要站著包、坐著包、躺在地上包……
都不會有人多看一眼說，哎呀！這樣很丟臉捏的愜意寶島啊～～
所以，可想而知，當時在下是多麼的滿懷委屈、怨怨不平……
（主要是對著食物帶不走的怨念……）

但是，突然間，我的英雄——同事東小姐散發著耀眼的光芒，手裡拿著神奇寶物，迎面向著我們走過來……
這位帥氣的日本同事，因為居住過國外，知道日本的標準不是一切，非常貼心的去問老闆能不能打包？而老闆也很開明的給她塑膠袋，還一再為他們只能提供塑膠袋、服務不周道歉。（不不不，服務太周拉～）

來！給你們打包用
美國留學回來的日本同事
大大方方的去跟老闆要塑膠袋
帥氣
面紙
正在打算用面紙打包能帶多少就多少（貪吃鬼的執著）

題外話

日本之前為推行環保，實施過一陣子的打包促進活動……結果還是敗在民族性上，明明知道這是好事，卻沒有幾個人厚得起臉皮，堂堂正正要老闆打包，這個促進活動也就自然反應微薄、消聲匿跡去了……

接下來，就是在下快樂的大包、特包時間！
（當然，首先必須厚著臉皮、忽視在旁邊瞪大眼的30幾名同事）

好玩的是，幾個日本女同事也加入打包活動，還一邊興奮的吱吱叫～～

哇～

呀～

後！還不是包的很開心～

足りる？
夠不夠？

自己不帶，
一直在幫我裝

（後來在門口～我抱住東小姐跟她大力感謝……）
居然被以為我是真的喝醉了……還拍拍我的肩，要我有苦就要說…Orz…
我沒有苦咩…人家只是想感謝一下說……

大豐收♪

滿滿一袋

最後很滿足的包了一大包炸雞跟烤魷魚！

還有顧點面子，
留下一點點…

然後去跟大家會合才發現，人家兩位日本同事只是想體會打包這件事有多有趣，目的不是在食物……

原來打包好好玩呢！

大家都意思意思包一桌美

真有趣！

啊

只有我跟餓死鬼一樣狠狠的一大包
（人家還有手下留情説!!）

總之，就是一整個糗～
（還好大家都覺得，我是喝醉才硬要耍無賴打包……該喜還該憂捏……）

隔天，我跟大王過了一個豪華下酒菜配飯的週末。

這個炸雞配白飯，好好吃後～

嗯

↑
養活 兩人 星六跟星日
兩天 的 打包菜

說到大王，也許有人會問：對啊～大王那麼摳，那他雖然是日本人，一定也能突破那道看不見的障礙，餐餐包就可以餐餐省不是嗎？

嘖嘖嘖……話說當初剛到日本跟大王去吃飯，點太多吃不完，來自民主自由、可以躺著打包寶島的我，自然的就脫口說：「我要打包。」

要他去跟老闆說要打包，他應該寧可直接把我從店家窗口丟出去，也死都不要丟那個臉！

（所以打包對日本人而言，真的是個難以跨越的障礙？）

不過來自自由寶島的我，不能因為寄人籬下，啊～是身在海外，就失去寶島的驕傲。

宝貝 我要打包…

正準備去付錢的大王 ↓

看我手刀!

唉!

很丟臉耶! 笨蛋!!

恥かしいよ!! アホ!!

唉呦 幹嘛啦~

吃不完的拉麵 跟小菜 ↑

莫名 被訓一頓 ↑

是的……顯然摳門教主如大王，也無法突破那道看不見的牆!

所以燃著熊熊火焰 對著自己說：

嗯! 以後也不能被日本文化打敗!! 要徹底實行我的打包活動!!

← 台灣人也很少這樣的厚臉皮 (只能說最強阿母的基因太厲害了!)

加油!!

燃燒~

把那份熱情給去工作用 如何啊? ↑ 噴!!

食吃不死!! ↑ 座右銘

台灣日本大不同捏
食物篇

前一陣子，在公司跟同事一起吃
午餐……

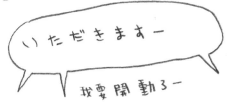

いただきますー

我要開動了ー

日本人同事A
↓

日本人同事B
↓

↑
日本人便當都比小的
只有我的無敵大…

那一陣子，又開始瘋狂想念台灣滷味
……（淚）

只好自己滷來吃，雖然跟真正的滷味
攤比起來差多了！但是沒魚蝦也好，
過過乾癮也行～～

今日便當：
滷雞腿．
滷蛋．
滷雞腳．
雞脖子

喔呵～
我的台灣味啊～

正當我啃雞脖子啃到一個出神入化、
欲罷不能的時候，日本同事大概看我
吃到整個銷魂狀，忍不住好奇的問
我：

過癮！

後～
好吃～

あの～それなに？
請問 那是什麼啊？

這下當然逮到機會，就要趕快來跟日本人大力宣傳我們台灣的
好，於是忍痛的……
（真的是忍痛，要嗜吃如命、生來就為吃的我，分享食物
給別人，那不如直接推我上斷頭台──「咔喳」一命嗚呼
還比較乾脆……啊啊～人家嘴賤誇大的！老天爺可不要真
笑笑的說，那老子試試！就推小的上斷頭台捏後～）

推薦我的滷味給同事⋯⋯

說來奇怪，一聽完滷味介紹，兩個可愛的日本同事，臉色大變的連忙說，不不不，不用了，謝謝！

那反應也太奇怪了！回家後把沉在PSP中的大王拔起來，以接近小學生惱羞成怒的等級問他說，你們日本人很奇怪捏！好吃的不吃，雖然說滷味賣相是差了點，但絕對比那無趣的御飯糰，跟膩死了的豬排飯，要好吃上百倍，真是給臉不要臉！

（絕對誤）

只見大王摸索著暫停鈕，似乎在猶豫是不是直接無視我的無聊問題，繼續回到他的無限快樂虛擬世界。

然後才悠悠地說，日本人的文化裡不大吃動物的頭啊、腳的部分（好像除了沖繩吃豬腳，跟一些地方比較特殊外），尤其是原狀還看得出來的（雞腳、雞脖子），簡直會嚇死日本人！

他們看到我的便當，還肯賞臉的同桌吃飯，沒有當場拂袖離去，從此當我透明人不理不睬，就已經是很有禮貌，我該痛哭流涕的謝主隆恩了……

喔～～那所以說，
那天在同事眼裡，我大概像這樣→

〈日本人眼中〉
未開發國的野蠻人
↓

喔……好
好吃的雞
吃的……
腳……

怖～！

怕怕！

那天之後，我的滷味還剩一大鍋，
啊～只好還是硬著頭皮帶去公司吃。

只是就變得很偷偷的，不好意思被看
見我的血腥恐怖便當！（嗚～）

之後過了好一陣子，也逐漸忘了這件
事時，看著電視的日本美食節目，淘
淘想起來有這回事……
再回頭看著銀幕上活生生被分解夾入
口的生章魚……

才想到，那日本人更恐怖！活生生的
魚頭魚嘴還在啪咕啪咕的動啊動時，
還一邊大喊，喔咦係，一邊流口水，
虎視眈眈……

對後!! 林老師咧～
那你們又文明到那裏去～

喔咦系!
喔咦系～
紅豆泥喔咦系～

還我快樂的午餐時間～
吼嘎～

番羽!

春蝦半天

題外話

紅豆泥喔咦系＝本当においしい＝真的好好吃的意思。
與紅豆泥一點關係也沒有喔～各位同學！就像男生聽到都會科科傻笑的「雅美蝶」（やめ
で；不要嘛～），也跟蝴蝶一點關係都沒有喔～

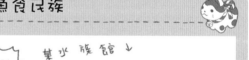
接著說： 原來日本人是魚食民族

大概是因為從以前就是
魚食民族的關係，日本
人對於海鮮類，只要是
新鮮的，幾乎都可以生
著吃。
（甚至有因為新鮮，才
要生著吃，營養才高，
才能吃到食材真正的鮮
味的說法）

然後，有天在電視上看
到這一幕：

うわ～魚いっぱい～
おいしいそう～

某水族館

哇～好多魚
看起來好好吃喔～

路人們

電視

喀!?

看到這一幕，冷汗直流
且深深不解的台灣人我…

台灣日本大不同捏
語言篇

話要說到前一陣子，跟大王在看電視的時候：
我因為日本人的變態行徑，又在火上心頭時，無意間發現大王是隻沙文豬……

火上心頭就給他罵出口～

電視節目，提到偷拍事件
↓

女大生被害溢拍事情！

後，真的很變態耶!!

分忿分忿不平 ←

嗯～那不要穿短裙不就沒事了...

蛤心!!!
你是沙豬嗎!?(火大)

這句話對男人絕對敵視的話，卻對大王毫無殺傷力，反而引來同情的視線！

（大王搖頭嘆，唉～你來日本這麼久，日文不好也就算了，現在連母語的中文都退化到無法溝通的地步……）

殺豬？乾嘛扯到豬？我沒有殺豬…

你好怪…

嗯？沙豬你不知道喔…

在下只大約知道是罵大男人的意思……（逃～）

嗯…就是指沙文主義的豬拉…沙文主義就是…大男人主義（嗯，又好像不只…）

↑越講越沒自信…

就因為大王不認識這位「殺豬先生」，我又無法好好介紹，也因此「沙豬」這個女生說出口時，一般男生會當場回罵：「蕭查某！老子懶得裡妳！！」的情侶吵架超好用詞彙，在我們家這個國際婚姻裡，也無法端上吵架時很好用的盤子裡了……

（這次的吵架也就自然不了了之，吵不起來～）

我…我也不知道沙豬是啥啦～

↑無法正確解釋沙豬

你自己去查字典～

才不要

108

既然講到吵架用語，就來講一下日本跟台灣吵架用語的不同。

もう
お前のこと、知らないからね!!

誰！你的事 我不管了啦!!
↑
這算 最生氣時
的氣話...

在日本，一般的吵架像這樣→

蛤！你最狠就降喔...

要多看看 台語連續劇嘛～

為什麼明明是吵架，會搬出「厚～人家不理你了啦！」這種有如鄰家女孩漲紅了臉，羞澀的跺腳一罵的嬌嗲用語呢？

這簡直就像要去救雷恩大兵時，我方坐在戰車裡，隨時準備按下足以轟掉一整棟樓的轟天砲按鈕時，只見樹叢裡跳出敵兵一名，氣勢沖沖的殺過來——手上拿的卻是——竹筷捆橡皮筋一條——對著我方「噗啾」一聲，射出一條綁便當也會斷掉的紅色橡皮筋，還抱著必勝的微笑……

此時，相信再如何冷酷無情的戰士，都會落下同情之淚，並納悶著……

這個國家的教育是怎麼回事？還是他們都沒看過戰車的破壞力，才會如此的純真無邪、潔白如雪啊……

……其實那就是禮儀之邦——大和國日本的弱點。

（也算是優點啦！都沒髒話……只有個人認為是弱點……降吵架怎麼跟人比大聲嘛～）

日本國的罵人用語，其斯文與詞彙之稀少、荒蕪的程度，真的讓來自生活環境無時不刻充滿台灣國粹：

比如親朋好友見面時：按！吃飽沒！！

登山旅遊時：羚羊的！日出好美！！

（尤其以羚羊跟雞排類的組合，特別深受大眾共同的喜愛，長達數十年，高居台灣國粹最愛用語榜首不下）

生日聚會時：雞排咧！我蠟燭都還沒插，你們就給我切去吃三小拉，按～～

（等等等等……種類之多，組合變化之精采，族繁不及備載……）

……所以……我說到哪……（又閃神）

喔對對，所以日本語裡面，真的很少罵人用的話啦～

有也是殺傷力小之又小的程度，就如那把橡皮筋竹筷，真會讓人鬥志都瞬間消失無蹤～

以下依日本語罵人嚴重度的輕高等級來舉例好了：

你是笨蛋嗎？用這來罵調皮的小孩。

一般台灣小孩聽了大概都會爬到媽媽頭上去大玩特玩，從此無所忌憚了吧……

但是在日本，媽媽怒火最高點時，跑出來的也就只有這麼薄弱的一句。

那可能有人會問，啊～那這樣罵小孩，哪會聽話捏？不兇一點怎行？

嘖、嘖，那也是因為日本小孩們的生活環境裡，從來沒有羚羊、雞排滿街跑，一直都是充滿著禮貌用語、尊敬用語、謙虛用語（有在學日文的大家，這3種要背好來嘿～）的環境，

所以自然而然，從禮貌用語裡〝熊熊〞殺出笨蛋這句，就夠殺傷力了！

（簡單說，就是從小就沒有免疫力啦～）

等級1：媽媽罵小孩

お前 アホ か！？

你是笨蛋嗎！？
↑
大王常用句、
一般吵架用語

再舉一例，街頭少年互相不爽時的
叫囂經典：
車子差點互相擦撞時──

等級2：不良少年的叫罵

お前！ぶ"飛ばすぞ"!!

我要把你揍飛喔!!
↑
有沒有很可愛...

（請自行對照 台灣 不良少年的叫罵用語...）

「我要把你揍到飛喔！」……這…這在台灣絕對是歸類在女朋友裝可愛時專用
語來的！絕對！！
（不過，用語雖然又薄、又淺、又無力，手上的武士刀可是貨真價實的！
各位台灣鄉親好友，可不要得意的笑著說，老子來試試是不是真的！就無視對
方的叫囂，還嘻嘻哈哈嘲笑人家的罵人用語好遜……到時一刀劈過來，可不要
找在下要醫療費蛤～）

根據剛剛問大王，那總有最最難
聽、第一名的罵人用語吧？
那是哪一句呢？
最高級用語，那當然不是只有一個
「大便」單字就可以過關。
即便是禮貌日本國，那排行榜高
位，還是要有點組合變化才能得人
心的。

……是的……不過就是大便，加上
傢伙（或翻成混帳也可）。大便
混帳……有沒有戰意全失!?面對這
個閃著無邪大眼，還自以為很有殺
傷力的老大，有沒有很想帶他去見
見世面、開開眼界，了解一下什麼
叫罵人，什麼叫組合變化型的感覺
……

那個最高級用語就是
↓
等級3：最高等級，
日文裏，最骨氣的話：
ケソ = shit = 大便
↑
嚴重度：在公司裏罵這句的話，
就要有辭職的覺悟了...

變化型，最高等級的日文髒話：
ケソ野郎 = 大便傢伙
↑   ↑
嚴重度：通常只有   "還是
流氓等要幹架時   很可愛"
才會出現

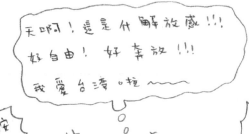

……是的！我篤定所有認識大王的台灣朋友，一定都有這種感覺!!!
才會一個個此起彼落、爭先恐後的搶著教大王什麼叫做台灣國粹。

天啊！這是什麼解放感!!!
好自由！好奔放!!!
我愛台灣喔~

按安拳!!

草泥馬!!

啊哈哈哈

到了台灣，大開眼界（耳界？）的大王

從此"台灣國粹"再也不離口…
（阿餅兄，你要負大半責任…）

那加起來，就會變成這樣↓

…所以說靠夭是沒事亂叫，靠北有辱別人家人，你不要亂用…

↑要負責說明靠夭跟靠北的不同…

嗯嗯謝謝！那那呷賽跟呷噴（多）又有什麼不同呢？

這又是誰教你的…（淚）

哩心！

所以，大家都知道日文沒有什麼罵人的話，也知道大王從此有如嘗到禁果，簡直就一口接一口，慾望接踵而來，欲罷不能！

津津好學、孜孜不倦

敝舍的日常一景……

我們一定要在吃飯時間討論這話是嗎…（咱家好沒文化啊…）

今井翼
淚灑台灣？

幾年前，到日本不久，
剛好在電視上看到的一
段……

話說之前到台灣時…

啊！在講台灣耶！
真開心！

那是到台灣
辦演唱會時…

特別來台
← 今井翼

日本偶像歌手今井翼，在講
到台灣時發生的事……

一出機場啊一

超多的歌迷在機場大廳迎接！
（台灣的歌迷熱情度都很高～）

今井翼
今井翼
今井翼
今井翼

ワ～
すごい人数だなー
哇－
好多人喔－

他說，當時的確滿開心、滿感動的！
不過，歌迷突然用日文喊了一聲：

小雞雞 好棒!!

え!?
啥!?

↑
純情小女生們

然後一個接一個，大家一起大喊著：

原來是中文「今井翼」的發音，在日
文聽起來變成另外一個意思啦……

念起來就變成：小雞雞很棒、小雞雞
好讚……的意思了@@...

所以，在台灣人角度：
很正常、熱情的歌迷而已……

今井翼！！
呀一看這邊了！

然後在日本人看來……
被一大群人大喊「小雞雞很棒」，應
該真的亂害羞的吧……!?哈哈哈！

小雞雞好棒!!

小雞雞好棒!
小雞雞好棒!!

恥ずかしいー
(羞死人拉一)

台灣人って
結構エッチなの??

台灣人…
還蠻色的喔??

題外話

節目上今井翼有解釋，後來他才知道，他的名字在中文就是降發音的。
……所以下次見到日本人，「今井翼」這三個字可不要亂亂大喊捏～～
（故意要糗日本人倒是可以啦～哈哈～）

日本人兩種模式!?

話說，在下有幾篇文章裡面提到，遇到日本人的冷漠無情等等，帶給在下的震撼與心靈創傷。

有些人問說，奇怪！不是聽說日本人滿親切、滿體貼的嗎？

而且我去日本旅遊時，也都遇到很好的日本人啊～～

怎麼都被你寫的都好壞喔！

是不是無中生有，亂亂寫，亂給人家定罪名呢？

嗯～的確日本人很親切很可愛，也很有禮貌，體貼的讓人很窩心……那為何有這兩種互相矛盾的說法捏？

請聽在下說來……

一般的日本上班族，大致可以分為兩種情況：

一種是上班工作時的日本人，日文稱為「仕事モード」（進入工作模式的日本人）。

一般而言，正常且溫和的日本人身心狀況一旦進入工作模式，那可會變成集惡劣、龜毛、沒耐心，與沒度量於一身的混蛋王中王。

第二種是下班或放假狀態的日本人，日文稱為「オフモード」（休息模式）。

這種日本人又會變成和藹可親，什麼事都笑臉迎人的好好先生、好好小姐，讓人覺得日本人真的每個人都好親切、好和善，我們真該好好跟人家學學啊～～

那舉幾個例子來說好了。

例一：

有如惡魔附身，動不動就要拍桌大罵。（真的是在大家都在的辦公室裡猛拍桌，不是電視上演而已）

之前的瘋人院公司的主管，就是此類型～！（還在記恨中）

經常把企劃叫到自己位子旁，然後就當著全辦公室，大吼大罵加拍桌……搞得整個辦公烏煙瘴氣、雞飛狗跳，每個人都心情不好。

（不愧是瘋人院，就是會有瘋子～～）

以下開始為舉例，跟那位瘋人院主管無關……

然後這位拍桌大吼的混蛋王中王，一旦週末在家進入「休息模式」後，就會有如第二人格出現，完全傻傻笑笑、輕鬆自由好人一枚！

在公司的惡人惡相，完完全全消失無蹤，讓人懷疑那其實只是他的惡魔雙胞胎兄弟而已……

• 仕事 モード
（工作 模式）

有：拍桌大吼的主管

お前
アホか！

ホッ直せ！！

（你豬頭喔！
給我重做！！）

碰！

碰！

• オフ モード
（休息 模式）
off mode

看著搞笑節目，可以傻笑
一整天的痴傻 老爹

啊哈哈

例二：

以上這兩種，相信有在日本工作或是日商上班，再或是有跟日本企業合作過的台灣人，應該都不陌生。絕對、絕對是再常見不過的角色。跟他們工作，要不就是被氣出一身病；不然就是想辦法，要把他們氣出一身病的絕對不健康變態工作模式！

那這兩種人，一到休假時，大部分是這樣的面孔：

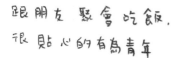

有沒有莫名其妙!?幹嘛一個人要分裂成兩種人格？
而且這也太極端、太扯了吧！

那也許有人會跳出來說，嘿～都聽你在放，老子才不信有那麼扯咧！拿
證據出來啊～
嗯～也是有道理，眼見為憑也沒錯……
那既然在下應該沒辦法到暗巷去埋伏，隨機逮到個倒楣鬼，把他蓋布
袋，然後灌滿催眠瓦斯，堵好嘴，塞進木箱，隨即快速寄出空運直達台
灣去給大家親眼見證！
那也許有機會到日本旅遊的同胞們，可以試試以下的方法，來測試日本
人是不是真的有分兩種人格的傾向……

步驟1：
請您在早上8:30左右的通勤時間，到達
東京或新宿的山手線車站內。
站在通路上面，然後蹲下來，假裝身
體不舒服……
是的……接下來絕對不會有人好臉色
給您低……
您只會收到好幾個惡狠狠的凶神惡
煞眼光，像是恨不得手上有把西瓜
刀，要好好砍這個擋在路中間、害我
上班遲到，要被惡魔附身的瘋子主
管狠狠修理……不如我就先除掉路
上這個礙眼白目悠閒逛大街的渾蛋
&%#!=&%$&#=……

管你頭痛 腳痛 牙齒痛，
別擋 老子 路！！

若您天生鴻運罩頂，好運逃過上午那群
「工作模式」中的凶神惡煞上班族，先給
您拍拍手恭喜。
接下來，帶您體驗第二人格的日本人。

步驟2：
這次請在下午2～4點左右，來到山手線那
個圓圈以外的路線的車站，一樣請您站到
車站的通路中間，然後裝作身體不適的蹲
下來……

這次，就是「休息模式」的好心日本人的登場：

因為山手線為東京商業最繁忙的路線，搭乘的多為上班族，尤其
是上下班時間。避掉那條路線、避掉上下班時間，大部分在車站
要搭車的多是要去玩，處於休息模式中的日本人。

若您這次旅行，都是在非通勤時間，且遠離商業會社區，那您回到台灣
絕對會大口誇讚日本人真的都好親切！語言不通也沒問題，隔著國際都
能感到就甘心～

並滿懷希望的幻覺，認為語言不是問題，國籍不是距離，那老子或許也
來交個日本女友，肯定個個溫柔似小貓、甜美如早安少女囉～

然後急著在各大交友網站輸入關鍵字：日本　女生　找男友……的那位
施主，勸您放下滑鼠先……善哉善哉啊！（搖頭拍肩）

後記：

雖然說，並不是每個日本人都這麼極端，有著雙重人格跟個精神不穩定的定時炸彈一樣。不過，因為日本特有的敬業精神，跟事事拘僅不鬆懈的態度，自然辦公氣氛就越演越緊張，人人拚命，競爭也就越來越劇烈，然後就要更拚命、更不苟言笑的認真的反面，就變得人人機車、面目可憎了。

當然，不是百分百的日本人都是這個樣子，只是平均來說，這算是日本社會很普遍的現象。

然後只有在休息的假日裡，終於可以鬆掉那條神經，拿掉緊繃的假面喘口氣。因此在假日，也就特別不會計較小事，整個態度是很輕鬆、柔和的，好準備下一周的廝殺……

看到這，有沒留下兩行清淚，不自主幽幽地說，那日本人還真是身不由己，好可憐啊！

是的，就是你，那個在上班時間偷偷來逛大街還看到完，等下要去串門子跟同事要零食吃，再東摸西摸、撲兩下，還餵餵部落格寵物，經營一下農場，就要發呆等下班的在台灣的你！

在下千錯萬錯，就錯在放著天堂台灣，不知珍惜，偏要犯賤踏上這條不歸路啊啊啊～～（淚奔～然後還要繼續回去給日本人折騰……）

你太太幸福啦！（淚眼）

在下到日本前：
上班逛網路、聊天、繳電費。還可一邊啃樓下買的鹽水雞來解悶…

簡直快樂的太過今～

到日本後
はい！申し訳ございません！自分のミスで大変ご迷惑をかけました～

實在對不起！都是在下的疏失造成麻煩了！！

90度鞠躬 ←

委屈 →

不管事實如何、總之先道歉就對了～

122

颱風來啦！上篇

話說，上週日本發布強大颱風警報，各單位、公司行號都各自發布注意報告，我們公司也不例外——

公司內的緊急通知信件
↓

再看看網路上發布的消息，這次的颱風結構很大，而且直直通過日本。

題外話

所謂「注意報告」就是要大家出門小心，以及緊急連絡方法等等。

123

尤其是禮拜四上午，對東京影響最大。

在台灣，如果是平常上班日期間有颱風登陸，大家應該都是馬上放下手邊的工作，大聲歡呼！

直稱這颱風很上道，不會白目的假日來報到，然後呼朋喚友、打電話去好樂迪預約唱到爽平日價，最後還要去華納，邊吃肯德基邊看午夜場，才有給他過到癮……不是嗎？

那我是在嘆什麼氣呢？因為、因為、因為……

………是低……**日·本·沒·有·颱·風·假！！！**

（↑氣到要再重打一次強調）

拿這次的強大颱風來說好了，號稱日本近年最強的「台風18號」，除了中小學及一部分高中有放，其他通通正常營業與運作！

（換句話說，日本沒有颱風要放假的想法，反而是我這個一直抓住主管衣袖不放、三番兩次確認，明天真的、真的沒有放颱風假嗎!?的外國人很奇怪！）

最後我還是冒著風雨、垂頭喪氣
的回家。

隔天一大清早，就跳起來馬上打
開新聞台猛轉──

咱沙 咱沙!!
轟隆 隆 隆!!!

↑
窗外風雨交加

一早就爬起來看有沒有
"奇蹟"的發布公司行號放假的消息
↓

努力～

強大台風上陸↗

死心吧妳…
又不是你們台灣…
不會放假的拉～

雖說在下"委身"在別人國家，應該遵照當國法令，一切以日本國為準
則，不得有怨言，但…但是……身為台灣人過慣有颱風假的日子，對於
在大風大雨中，當殉國號衝出去上班的日本人行為，多少還是有抗拒。

窗外風大雨大。
路人 飛的飛,死的死
（好啦我誇張）
總之一幅慘狀...

......老娘今早要請病假...

↑
是台灣人都會做出
的睿智判斷

嘩!

← 發mail

休 甚 甚 揮～

P.S.本人還有手下留情,請的是半天假,沒請整天說……（好啦,是孬……）

後來到了中午,東京的風雨有變小一點,在下就出發到公司報到去。
果不其然,除了我這外國人很明顯的裝病請病假外,日本人都正常出席,一點都沒被颱風影響到……

おはようございますー

早一

除了我,好像
沒半人請假
通通都風雨無阻
來上班...

然後到了下午的八卦時間（當然是偷偷地），一個一個的打聽，才探出颱風當天各個同事來上班的全貌：
首先是在下，最早發信給公司請假。

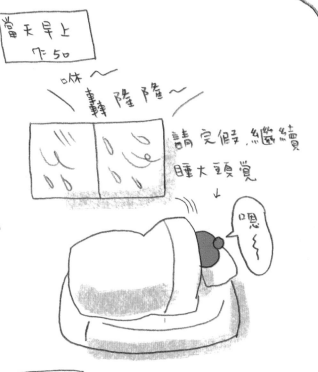

看記錄就知道，假病假得有夠明顯的 →

當天早上
下5口

啾～

轟隆隆～

請完假，繼續睡大頭覺
↓

嗯～

接下來發信給公司的，是住在橫濱的保田小姐。
她上了電車後，出發沒幾站，電車就廣播因為颱風的影響，全線停駛，要等待正常通車。
（最後才知道，這一等，足足等了3小時……）

早上 8:20

嗚哇慘了～
這下鐵遲到……
快跟公司報告

被困在滿員電車長達了3小時的保田小姐 ←

比起抱怨連連，大家更擔心上班遲到會被電轟。

然後，是那位留美的東小姐。
（關於留美的東小姐，請參照
P：95「超糗打包記」）
她一早到車站，發現電車通通停
駛，整個車站滿滿都是上班族在
那手足無措……

東小姐想說，趕到附近的巴士
站看看狀況，搞不好巴士有發
車。於是在暴風雨中，趕到巴士
站──

看到這，也許有人會問，那為何出發前不問問狀況再出發啊!?
嗯，不錯乙，很聰明有想到！
不過因為公司發的通知裡面，都叫大家出門前一定要查清楚電車通線狀況
再出門，所以困在車站的大家，基本上都是查過網路跟新聞才出門的。
那為何還會如此捏？因為早上查的，都是說正常營運，等趕到山手線等
等，才知道根本動不了，這次就是如此。
不過認命的日本人都不大抱怨的，反而很努力的在找尋其他可以順利到公
司的管道。（民族性真的不大一樣厚～）

再回到東小姐身上。

既然巴士也發不了車，她又想
到，反正離公司不遠，靠山山
倒，不如就靠自己——騎腳踏車
去！

（東小姐我敬佩你啦～）

反正才3.4站
忍耐一下就到了...

← 拚命三郎精神

後來被我拍肩猛笑：你太拚了啦！

（あんた頑張り過ぎたわよ！）

最後還是敵不過暴風雨，
連人帶車被吹倒在路上...

↓

呀～～!!!

拚命騎腳踏車的東小姐
←

P.S.還好沒有受傷，最後有安全到達公司！

咕噠!

擠滿人的車站

大家都在等電車恢復行駛，才能去上班。
有沒有看到很多人低著頭？是的，他在用手機發
信給公司，報告會遲到……

排滿人的巴士站

同樣排滿人，就是沒巴士要出發的巴士站。

車站漏水

有一線的車站，居然還站內漏水，大雨就降淅瀝
嘩啦灌下來……
大家還是可以只擔心無法去上班……
難怪人家日本企業有強！

以上，篇幅太長請期待接接下篇繼續報導～～

颱風來啦！下篇

所以颱風那天上午，公司內收到的大家的信件，依序是：

| 7：50 | 在下我寄出的假病通知信 |

↓

| 8：20 | 被困在電車上的保田小姐發的遲到通知信 |

↓

| 10：10 | 電車→公車→腳踏車→最後發現太危險，只好將腳踏車牽回家停好，然後再趕到電車車站等電車出發的東小姐發的遲到通知信 |

然後是繼東小姐之後的劇情發展：

↓

美術指導——和田先生
在電車車站從早上8點20等到10點30電車還是不能行駛。
看看周圍的狀況，和田先生覺得不妙。
於是發信通知大家，一切以安全為主，千萬不要因趕路到公司而發生危險。

當天早上 10：30

被困在車站的和田

困在車站的和田先生 ←

緊急連絡大家中 →

離上班時間9點半已經過了很久
……

11：50 終於住在東京圈內的奧
田小姐安全到達公司。
（終於擠上開始通了的電車）

奧田小姐左看右看，居然還沒幾
隻小貓順利到達，於是認真又負
責的主動發mail，給主管報告現
況。

然後 12：30
一直不斷收到大家信的主管

← 認真的奧田小姐

↑ 認真好部屬

↑ 那位 重金屬 美術主管

看來今早大家都到不了公司啊～

パチンコ
(柏青哥店)

咔啦♪

叮叮～咯♪

呼～

← 輕鬆愜意啦

………是低……

一早就發現電車動不了，看到車站快擠死人的慘狀，於是一個掉頭跑去車站隔壁的柏青哥店，乾脆涼涼打個痛快……

（這位主管真是太～有遠見啦！！能當上主管果然腦子都要轉的快！！大津先生…我…我敬佩你～～豎指！）

下午1:30

おはようございます！

重金屬主管 →
おはよう！

認真奧田 →
おはようございます.

緊急連絡大家的和田 →
おはよー

然後下午，在下睡到一個神清氣爽精神飽的去公司上班，還不知大家是如何的歷經滄桑、風雨無阻的度過了一個颱風早上……

↑
裝病請假而睡很飽.不知上午各種慘狀的人…

↑
被困了3人時的保田小姐

最後又回到車站,坐電車到公司的東小姐 (真的辛苦了…)

133

這個原因，其中之一是，到達日本的颱風通常沒有很強大，沒有大到會把房子吹走。（通常啦，幾次不尋常的強力颱風不算的話～）

然後更重要的原因則是，日本人都很注重「根性」，也就是中文裡的毅力。

最常見的就是上班族，若不是病到發燒昏倒，通常是不會輕易的跟公司請病假，因為有「根性」！

然後就是日本人從小會訓練的，泡熱澡時也要培養「根性」！

也因此跟大剌剌的台灣人比起來，日本人的確是比較注重「阿信精神」，即使是颱風，也會撐著傘，提起公事包，咬緊牙根，在風雨中趕去上班……

你是S還是M？

「星座」這個話題，在台灣一直是個熱門的好題材。

不論是好友來訪，或是外出郊遊，抑或是看電視配啤酒……

簡直相等於孔雀香酥脆的香魚口味，不限場地、任何場景，只要把它拿出來，馬上皆大歡喜，和樂融融……

（親朋好友們～知道下次要寄什麼給我了吧…!?）

さ……我是說「星座」這個話題，不論是與不認識的人，初次見面找話題時；或是八卦好友們聚在一起，無聊到窮發慌的當下……

沉　～　　　黙 ～

想點話講…

想點話講…

只要提起星座——

但是，如此好景、如此便利話題……
也只限於大台灣地區。

想當初到日本不久，與日本人朋友吃
飯聊天時……

←初次見面，尷尬得很，自然
　就要拿出好用星座話題……

……各位同學，由上例可知，在日本……不大流行算星座、看性格的這個話題。

那日本人外出郊遊，喔不是～是初次見面，無聊發慌時的聊天話題該講什麼好呢？

嗯，說到重點了！（終於～）

根據網路統計，（還有在下的不精準同事隨樣抽查下）

通常日本人聊天的話題，遙遙高居第一名的是：天氣話題。

天……天氣!?這是有什麼好聊!?不就陰、雨、晴，跟偶爾的颱風、洪水……這是要如何聊天嗑瓜子!?

說是連拆開瓜子包裝、都瞬間氣力盡失的話題還差不多……的這位血管暴腦門的人客，請先聽在下解釋：

在這注重個人隱私、禮尚往來、特重上下關係，對上不忤逆，對下不寬容，又偏好檯上面不改色，檯面下波濤洶湧的特殊兩面民族性而言，

↑有需要這麼複雜嗎!?真的有需要這麼複雜嗎!?

（簡言之，就是很纖細又很複雜。包準一根腸子通到底的台灣人，在旁越看越是霧煞煞、煙雨濛濛，外加伸手不見五指……好啦，就是我～）

在日本跟不熟的人聊天氣，絕對是不傷身、不傷心，既不會探到他人隱私，也不會暴露自家情報，絕對歡天喜地、一年四季皆合宜的好話題。

例：早上公司見面…

標準的檯面上平靜，→
檯面下波濤洶湧。

但是對我們這些讀習慣水果日報，偏愛重口味話題，腥煽色跟喝白開水一樣的台灣民眾……

（ㄟ……好啦！又是我～）

聊天氣，真的太無聊、太沒勁了啦～～

天氣之外，還有沒有可以和平的、不傷到人家民族性，又可以和樂融融的好話題呢？

那就請看以下的網路數據，一般日本民眾投票選出，跟初見面的人聊天，無聊瞎扯屁的話題排行榜：

以下為前10名——

第1名：天氣

嗯…無色無味，同時也很無趣……

第2名：出身地

日本地大，因此各地出身的差別也大，所以可以是話題，台灣……就聊不起來了……

難道聊～你桃園出身？我台北耶！那你們桃園特產是什麼？（←肯定被當白目，從此被排擠～）

第3名：居住場所

同樣又是地大，且各地各有特色，才能成立的話題。

在台灣會變降：

你住三重？我住永和耶！（←有什麼差別！告訴我有什麼差別？以致於可以拿出來聊……？）

難道住三重的人喝不到豆漿？難道住永和的人逛不到夜市嗎……？

第4名：興趣

好吧，這還有點看頭！但是……我沒特別的興趣。

只愛聽誰跟誰不倫，或誰誰又汙錢逃稅的八卦，好平復我這小老百姓每天拚死拚活，還吃不飽、穿不暖，還要看電視上哪個大富豪又蓋了一棟豪宅商圈，只解悶用……（嗯？又離題了嗎～）

第5名：工作

嗯……那萬一我的工作讓我只想抱怨我的豬頭上司今天特別豬頭等等的話，那我又不知道業界狹小，哪天你會不會剛好就是豬頭上司的至交好友，剛剛好聽到這一段，又加上今天心裡不大爽，一直想找個誰來開刀，我就準備死的一頭霧水，不用被人蓋布袋，也不知是誰捅的刀了。

第6名：今天的新聞

第7名：血型

血型在日本還滿熱門的，最近還出了4大血型的暢銷書。

※另外一提，日本人最多的血型是龜毛，喔，不～是細心的A型。

難怪跟少根筋，喔，不～是大剌剌的O型台灣人的民族性就是差別很大。

第8名：家族

第9名：有趣的書、電影

第10名：寵物

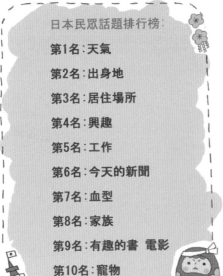

日本民眾話題排行榜：

第1名：天氣

第2名：出身地

第3名：居住場所

第4名：興趣

第5名：工作

第6名：今天的新聞

第7名：血型

第8名：家族

第9名：有趣的書 電影

第10名：寵物

有沒有很訝異，星座居然連榜上都沾不到邊！
是的，至少在下就沮喪了很久。練了好幾年的星
座觀人法，才剛踏上日本土地，就一切雲淡風
清，讓它隨風而逝了……

那先不管網路排行榜，就在下跟日本友人實戰
的經驗，其實比較有趣的話題還是有的，那就
是——「SM心理測驗」！

「SM!!??你是說眼罩女王、皮鞭滴蠟燭的那種
SM嗎!!??」
「真是光天化日，人心不古，道德淪喪！旁邊還
有未成年在場，你怎好意思說的出口？」火上心
頭，正經嚴肅年輕媽媽。
……
「SM!!??你是說眼罩女王、皮鞭滴蠟燭的那種
SM嗎!!??」
「真是踏破鐵鞋無覓處，快招你都在哪個分享站
找的資源？」這位眼睛放星星太開心宅男。

請都別心急，先聽在下解釋來……
所謂的「SM心理測驗」，的確是從滴蠟燭女王
的SM演變而來的SM。只是這裡指的比較趨向心
理的S與M：
心理傾向S——指的是有虐人傾向，也是俗稱拿
著蠟燭滴人會很快樂的那個女王。
在現實生活上，不見得是要拿蠟燭啦！
但是就愛欺負別人，以滿足自我的類型。
（小叮噹裡的話，就是技安啦！）

心理傾向M——指的是被虐傾向，也就是被踢、
被滴蠟燭卻有快樂感覺的女王腳下那一位。
在現實生活中，當然不是指被踢就會很高興的人
（誰會啊～），指的是犧牲自己能達到心理滿
足的類型。

還不叫女王!!

找死啊！

經典會拿皮鞭
的那一位…

請您動手吧！女王！

還自備皮鞭

舉例的話，瓊瑤系列裡愛在大雨天裡，一邊顫抖著雙肩、一邊瘋狂淚奔，同時心裡喊著：為什麼、為什麼上天要這麼對我!?你這淘氣的小玩意兒!!同時又演得很爽的那幾位……就很M。

啊!煙雨濛濛～
雨濛濛～
為何感情路 如此坎坷
上天啊～你真是個
愛作弄人的小淘氣呀～

由此得知，跟男友吵架而已，就在大雪天裡光著腳衝出去奔雪，又衝回浴室狂淋冷水的我家妹妹瑋瑋……你絕對是M中之M！
例如，S心理傾向的上司，就會是個喜歡欺負部下，看到部下唯命是從，就會心生喜悅，達到滿足感的類型。

小胖多鐳♥
給親一下嘛～

喵

被扒也無所謂犬…

M

那例如是M心理傾向的上司，身為部下的人就要不時開上司玩笑；開完玩笑，記得同時要對上司溫柔的一笑說：開玩笑的啦～～
讓M上司同時有被踐踏之後，又立刻被溫暖的關心摸摸頭、呼呼的快樂感受……等等等。

這什麼爛位子…

叫你們經理出來!!

S

若都摸熟周圍的人的SM傾向的話（當然也包括自己），就很容易在人際關係裡應對自如，如魚得水般的逍遙自在了。
當然「SM心理測驗」，同時也具有成人遊戲的意思在裡面，所以在日本年輕人的聯誼聚會裡，是很好炒熱氣氛的話題。
只是台灣朋友們，對日本未成年小朋友或氣質淑女們，可不要亂用來開玩笑。
出了事，別怪在下咧！

最後，提供兩個非常簡易測試S，還是
M的方法。

方法1.
半熟蛋黃的荷包蛋的吃法——
你是哪一種？

A: 從蛋黃開始吃　　　　B: 從蛋白開始吃，
　　　　　　　　　　　　　　最後才吃蛋黃

方法2.（測別人時）
握拳，要求被測人把下巴放在自己拳頭上。

把下巴放上來

這樣？

然後觀察對方的視線是：
A或B請選其一。

A. 直視自己

B. 視線看別處

觀察對方的視線是A或B。

解答是——
P.S.還沒測的人，快快先測一下再來看解答才會準喔！

問題1
A為虐人的S傾向。
B為被虐的M傾向。

解說：
從半熟荷包蛋最美味的蛋黃部位，一口吃掉，表示快樂的事物，一刻都無法忍耐，要先享受掉的是S傾向。
相反的，慢慢的吃掉周圍蛋白部位，漸漸期待吃到蛋黃部位，慢慢的忍受與享受快感的是M的傾向。

問題2
A為虐人的S傾向。
B則為被虐的M傾向。

解說：
被別人要求將下巴放在他的拳頭上，其實心理上會有受屈辱的感覺。
這個時候S傾向的人，會有抵抗的心態，會直視對方甚至不耐煩的問：到底要幹嘛啦？
反之，M傾向的人會順從的將下巴放上，然後視線移向別處，有點像靜靜的等待您的處置的，就是傾向默默被虐的M。

跟台灣的星座話題比，日本的SM測驗其實也非常有趣。而且無聊的時候，也可以讓大家玩得其樂融融低喔～

接著說：**SM型態調查結果**

S與M，你是哪一種!?

1.特頂級S！！	393（9%）
2.老子自有主張型S！	475（11%）
3.對自家人讓步的S！	774（19%）
4.撒嬌任性型S！	744（18%）
5.對上則弱對下則強的M！	629（15%）
6.要求回報型M！	460（11%）
7.為愛犧牲而疲累型M！	265（6%）
8.特頂級M！！	260（6%）

在部落格的讀者大家的SM型態調查結果為：

嘿嘿♥

最多的是，對自家人讓步跟任性撒嬌型的S

然後在下跟大王的類型是這樣：

叫妳不要擋到我打電動 妳還擋！

老子有主張S

一腳踩

呀♥

做家事中

為愛犧牲型M

樂

好啦對不起嘛～
（簡直奴隸⋯）

144

台灣日本大不同捏
比手畫腳篇

哈～哈～

一天中午跟同事們到外面吃飯，

お腹すいた～
肚子好餓喔～

うん！
嗯！

一到店裡，很自然的跟店員報人數要求帶位──

いらっしゃいませ～
歡迎光臨～

こんにちは～
六名です
午安～6位～

一瞬間楞住
↓
？？

啊？
啊！是！
這邊請！

雖然只是幾秒鐘，但看得出店員眼神一閃而過的疑惑。

……疑惑什麼呢……？

後來自己暗暗回想，難道貧僧平日修行日語的功力尚淺，連「六位人客啦，還不快帶位」的日文都講得哩哩拉拉，慘不忍睹！
害得人家東瀛店小二摸不著金剛二腦，露出疑惑神情？

不不不，在下雖然向來抱著能懶就賴，能坐著就絕不站著，當然能躺下嗑瓜子、一邊看電視是最好的心態，但是到日本後，對於學習日文這堂「不修要如何活下去的課」可是不敢掉以輕心，時時虛心向學來的。雖說程度是不到如何的廣博深遠，精闢透澈，至少區區「六位人客」照道理說，也還難不倒貧僧滴呀!?

那就是說，貧僧應該沒講錯！
那那，錯在那兒呢？

過了幾天之後，謎底終於揭曉……

那天晚上貧僧依舊懶在電視機前（通常會搭配嗑瓜子，不過日本沒瓜子……嘖！只好搭配窮抖腳），突然電視機的一幕，解開了那天的謎題──

原來如此！原來如此!!

6啦！我是說6啦～

啊啊！

146

那天當貧僧喊著「六位人客」時，一邊手賤多事，還要比出個「六」才覺得夠氣勢。原來「六」的比法，人家日本國才不是這樣比的～～

關於手勢這件事，在請教了大王及公司同事們之後，整理出以下幾樣常見的日式比法，來給大家帶回去閉關練習，以備哪一天到日本，不用日文，至少比手畫腳也能通！

以下：
首先1～5的比法，日本跟台灣是一樣的。
6開始就不同。

台灣式：

基本篇1～10的數字比法

日本式：

是的，日本式是從6開始，就得要用到兩手

那 6 之後的比法，在日本有什麼意義嗎？
一問之下：

然後，台灣的8跟9比法，在日本是無意義。
先跳過，然後是10。

食指交叉比叉叉，還有要結帳買單的意思，但較不普及，多在居酒屋等特定餐飲店才有在用。
（同事說，但是真的不普遍，所以不推薦使用）

148

厚厚～不問不知道，原來日本跟台灣的手勢有
這麼多的差別啊！
那假使不使用日文到日本遊玩，若用錯手勢，
可能會發生以下的狀況：

所以為了保險起見，在下又去問了公
司的同事們，除了數字外，那還有哪
些日本獨有的手勢呢？

先介紹一般比較通用的
（可能大家都知道的）：

双手交叉

嗶嗶！

NO、皆錯了.
的意思

双手高舉
圍成大圈

冰蹦！

Yes. ok.
皆對了!的意思

「答對了！冰蹦！」跟「答錯了！噗噗！」，或是「NO！」跟「OK！」
的意思。
這兩個很常見也很普及，各位有機會也可以用用看，保證不用日文也能
通低！

另外是這兩個，用手指表現的意思：
大拇指，代表男人。通常是我家的男
人啊～的意思。
小拇指，代表女人。但通常是指女
友、在外有女人，比較負面，有貶損
的意思，所以不要亂用比較好。

おや　ゆび
親 指
（大姆指）

"男人"的意思

こ　ゆび
小 指
（小姆指）

"女人"的意思.
女友、情婦時
常用

再來是比較有趣的，也很普及的：

雙手在頭比食指
（源自長角的鬼）

生氣的意思

他生氣了嗎！

單手放臉頰旁
（源自貴婦「喔呵呵呵」笑的時候手放臉頰旁的姿勢）

"GAY"的意思

他是"Gay"嗎！

題外話

特別是GAY的比法，可別在路上就亂亂比路人是GAY，小心被拖去揍個鼻青臉腫……

最後，比較負面的是這個比法：

OK的手勢，會依照手心方向而代表不同的意義。
手心向外，是普通的OK的意思；
手心朝上，則是代表錢錢的意思。

P.S.不過這個錢錢，指得是不好的、黑的錢。所以問老闆這多少錢時？可不能用低～

手心向上，比OK.

$!

OK!

"錢"的意思

常用於污錢、貪錢等負面意思的時候

然後，在我一個一個巴著同事請教日本手勢的問題時，也同時分享了一下台灣的手勢，看看是否可以通用……

……原來大象的手勢，有嚇到同事一下。

P.S.好像在日本人眼裡，這實在是怪到可以列為異型的姿勢。美女們不要用比較不會破壞形象……

那 這個，在日本 有任何 意義 嗎？

台日交流中

那是啥!! 有夠怪!!

JoJo 冒險野郎 某一替身的姿勢？

是大象啦! 在台灣

附帶一提，日本的大象（跟狐狸）是這樣比的：

（雖然可能用不到，還是給大家解一下惑）

ぞう
象

單手緩慢 擺擺

きつね
狐

（狐狸）

食指與小指 代表 代表狐狸彙子 其餘 合在一起， 狐狸耳朵.

嗯，比起台灣的大象，日本的樸實平凡多了！

（台灣贏？但我們沒有狐狸的比法……所以……剛好打平）

以上，分享一下日本國的通俗文化給大家。
有機會大家運用看看，一定能在跟日本人（或日本店家）溝通中，更添樂趣！

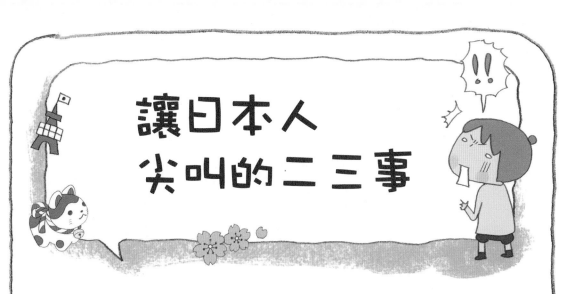

讓日本人尖叫的二三事

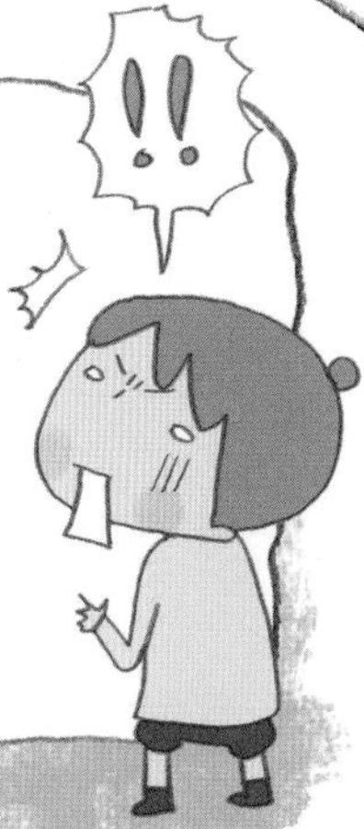

話說，前兩年跟日本人同事外出去吃午餐……

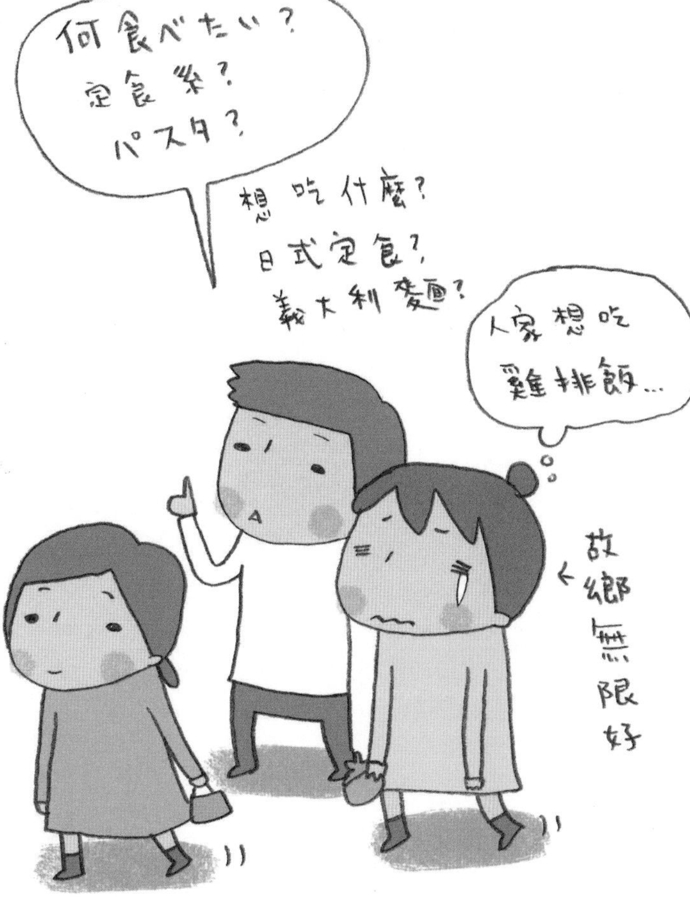

大家各自點了豬排餐、雞塊餐等
等，其中一位交情較好的女同事說
要跟我交換菜色……

然後，事件就發生了——

就在我伸出筷子要夾豬排的當下，
同事們不約而同面色慘白的驚呼，
嚇得我停住伸在半空中的筷子……

接著，同事急忙把豬排放到我的盤子裡，並解釋道，在日本餐桌上，筷子是不能跟筷子對夾的。
因為對夾是只有在喪禮撿遺骨時，才會用筷子對夾傳遞遺骨……
（哇呀!!!!!!!）

難怪同事們當場臉色慘白，也讓我深深記住，以後吃飯千萬別再犯這種錯誤了@@///

另外還有幾件會讓日本人尖叫的事，也一併跟大家分享。
送日本人禮物時，以下這幾樣東西可千千萬萬不能送！

為什麼呢？

解說：

菊花

在日本掃墓拜拜都是用菊花，所以送菊花等於當人家是死人的意思，大忌諱ㄋㄟ！

扁梳

在日本扁梳叫做「櫛」（くし），發音＝苦死。所以送給人家，有詛咒人家的意思，非常不好。

蠟燭

人家搬新家時，千萬不能送蠟燭等會聯想到火災的物品，一般被認為是壞兆頭。

另外，我們忌諱的送時鐘，在日本反而OK！在日本，送時鐘有「加油、努力」的意思。

所以，除了對長輩、上司不能送鐘（送了有要老闆努力點的意思…找死……），其他對晚輩或朋友都可以送鐘。（在台灣送鐘要和對方收錢，意指幫忙買的就可以化解～～）

最後，還有一件確確實實會讓日本人尖叫著奪門而出的事……

※重要提醒，正在吃飯的朋友請先自行跳過！

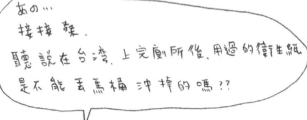

あの…
接接桑.
聽說在台灣.上完廁所後.用過的衛生紙是不能丟馬桶沖掉的嗎??

準備好了嗎？

那就是，台灣使用衛生紙的習慣！
一年多前，一位日本人同事準備要到台灣旅遊，行前開心的搜尋關於台灣的各種消息。

有一天，突然臉色凝重的把我拉到辦公室外問道：

啊…
嗯…

題外話

在日本，廁所使用的衛生紙都是特別製成的，只要一入水就會溶解；所以習慣將使用過的衛生紙，直接丟入馬桶後一起沖掉。

入水即溶式衛生紙

↓

用完的衛生紙，直接丟馬桶沖掉就好

身為台灣代表（自以為），當然不能失禮的趕快說明我們的丟法……

嗯，在台灣，通常是不能丟馬桶，要丟垃圾桶滴～

垃圾桶？那那那，上完廁所，要拿出來丟嗎！？？？

同事這一聽，更加支支吾吾，並滿臉通紅的問我：

好害羞！！

我辦不到啦～

157

唉～到底是把台灣想成怎樣的國家捏……？
我一邊心裡暗念，一邊忍住不笑說：

從同事隱藏不住的驚恐表情中，在下從不覺得有異的衛生紙丟法，
也漸漸地讓我覺得，好像這樣真的還滿不妥的……
也難怪習慣了簡單、迅速解決衛生紙問題的日本人，會整個啞口。

題外話

後續：後來日本人同事順利的到台灣旅遊，接受到台灣的熱情洗禮跟好吃的小吃文化，對
台灣的印象也很好，讓在下這個小小台灣代表也安心了一下……（呼～好哩家在）
只是，若我們也能引進日本人處理衛生紙的方式的話，以後廁所衛生與整潔應該會更簡
單、方便來得吧……（合掌祈禱）

讓台灣人
尖叫的二三事

上篇講過讓日本人尖叫的事，現在就來說說在日本，會讓台灣人尖叫的二三事。

話說剛到日本沒多久，有天跟大王出門；回家的路上，看到月亮又大、又漂亮的，大王想都不想就順手一指……

你瘋了嗎!?

快看！今天月亮跟亮耶！

來自台灣迷信人的我，當然馬上攔下大王愚蠢的笨手指，並近乎歇斯底里的，要大王趕快跟月亮娘娘合掌道歉。

快拜一下！要一邊說
對不起 對不起！
像這樣～

蛤？

慌

？

希望月亮娘娘
不要割你耳朵～～

只見蠢蛋大王滿臉疑惑的回望我，並劈哩啪啦的連問一堆蠢問題……

為什麼要拜？拜什麼？月亮娘娘是誰？
你是連續劇看太多還是突然秀抖？
割耳朵又是怎樣？你們台灣沒這麼不好喔？
你空空如也的月當袋仙至少整理一下再說出口。
害本王有聽沒有懂是怎樣？

俊～

……一陣雞同鴨子講，然後抽絲剝繭的精闢分析，最後在在下的諄諄教誨之下，大王才聽懂，原來台灣的習俗是不能手指月亮的。

（ㄟ……那個馬上忍不住要去留言說，「老子住台灣就沒聽過這件事，你胡扯亂謅想詐騙呦！」的那位讀者，請息怒先。請拿起電話，然後打去問媽媽、婆婆……好啦～隔壁阿花阿姨之類的長輩們也可以，台灣習俗的確是有這一條來低…應該吧！好像啦……至少在下的記憶裡有嘛……）

最後的結論是，關於不能指月亮這件禁忌，
日本是沒有的。
所以，在日本會有看到日本人大剌剌的指著
月亮而驚聲尖叫的台灣人，也是很合情合理
又很合邏輯來滴～

講到禁忌順便提一下……
在台灣，看到出殯之類的，傳統的說法是，
不要正面對到出殯的車子或隊伍，以免去煞
到。
那在日本又是如何呢？若在日本看到出殯的
車子（日文叫「靈柩車」），大概台灣人
也會尖叫起來……
除了在下，大家都正面看著靈柩車，完全面
不改色……
難道說，日本真的這麼百無禁忌的嗎？
其實也不是。

所以，因為月亮的形狀像鐮刀，
所以的傳說，
心存不敬，亂指月亮的人，
就會被月亮娘娘割耳朵？

嗯！

那月圓時總可以指了吧！
月圓就不是鐮刀型了啊
降怎麼割耳朵？怎樣？
你說啊 你說啊
你說說看啊～

後～

↑
一劃長這樣～～

靈柩車

都不避諱的路人

啊!!
快轉頭!

不然會沖到!!

路上只有我一人很誇張的把頭別過去...

161

靈柩車 ↓

都不避諱的路人 ↓

← 根本都馬在
偷藏大姆指嘛～

後來才知道,在日本看到靈柩車時的禁忌——

親指を隠す(把大拇指藏起來)。

日本的傳說是,看到靈柩車,若不把大姆指藏起來的話,將來會見不到自己雙親的最後一面。

跟另一個說法是,看到靈柩車,把大姆指藏起來,代表保護雙親遠離不好的東西(有避邪的意思)。

所以,雖然表面上大家都是正面看著靈柩車面不改色,但其實大部分的人,還會是把大姆指藏得好好的……

題外話

日文裡的雙親叫「親」、大姆指叫「親指」,因此聯想到大姆指代表雙親而來。

另外一件令台灣人忍不住尖叫的是——
關於開水這件事。

不知為何,在日本的店裡(拉麵店、居酒屋、下午茶……等等等等),不分春夏秋冬,也不管你是男女老弱,端上來的那杯開水,永遠是冰死人的冰開水!

不管外面是下雨還下雪,端上來那杯水,永遠是塞滿冰塊。

就像這樣……

日本冬天不是會下雪冷死人的嗎？那為什麼、為什麼捏～～？

先重點整理一下給大家後～

1. 台灣注重漢方養生，所以盡量不喝太冰、太涼的飲料，免得傷腸胃。
（還是傷哪裡!?我也忘了，反正就是傷身啦～）

2. 日本沒有聽過這種說法，所以也就自然不覺得吃冰、喝冰水會傷身；

3. 然後還有一點捏，大家都知道日本人禮貌有夠周到，那禮貌周到的日本人要端水給客人，自然就是要準備的讓客人覺得有夠用心。

所以，端上來的茶水，要不就是剛泡好的熱茶，要不就是冰到透心涼的冷飲，感覺才夠有心、夠有誠意。

端出一杯溫度不上不下的飲料，那可是會讓人覺得，那杯飲料是晾在後面多久才端出來的啊？真是有夠沒誠意！

所以，在日本也就漸漸演變成，端上給客人的那杯茶水，要嘛就夠熱，要嘛就夠冰，才誠意一百分降。

以上重點整理，有了解了喔？

外面大風大雨中
↓

那台日大不同就會是降→

滿滿冰塊的冰水

首先是台灣人到日本的店裡會是降……

管你外頭下大風大雨，端上來還是一杯冰塊多到滿出來的冰水！

然後日本人到台灣的店裡會是降⋯⋯

很注重養生、特意端出不冰不熱的茶水，反而讓喝不慣的日本人會覺得超級沒誠意的。

（所以要是各位有日本人到各位家裡或公司招待作客，記得端上的飲料，要越冰才越有誠意蛤～～）

然後是在下當初剛到日本，還不知到這些重點整理的時候，發生的狀況就是降：
在台灣，要求不加冰塊簡直是理所當然的事；在日本，卻是很奇怪的要求。

有時還會遇到一直勸說，要加冰才是他們店家原本的味道，然後還是端上加冰的一杯⋯⋯（敗～）

（所以在日本住久了，最後都會變得妥協，寧願喝起冰死人飲料，也不要每次因為不要冰塊的事搞得整桌大家都很麻煩⋯⋯）

又ル!!! 何これ～～

嗯!!! 怎不冰～～

一生中大概沒喝過幾次常溫飲料的日本人⋯

気持ち悪る～
好噁心～

看看我們多注重養生很顧身體的～

在店裡點飲料時：

我要柳橙汁，不加冰塊！

人家生理期～

え～？？
嚇～？？

はい⋯
是⋯

"好一個怪的啊～"的表情⋯

然後還有一種狀況，台灣人也會很常見……

是低……在台灣感冒補充水分，買不冰的寶×力或舒×，也是很稀鬆平常、合情合理的事；在日本的超商，嗯……管你是不是已經感冒到頭重腳輕、虛弱無力到快要掛掉，過度周到的貼心服務，保證讓你很難買到不冰的寶×力……

既然講到感冒，再說一件讓台灣人尖叫的事。

——那就是在日本感冒發燒這件事。

先說在台灣，如果感冒發燒了，大多都是泡個熱水澡，然後趕快鑽進被窩給他發熱、發汗，讓感冒趕快好起來。

感冒不舒服時：

老闆，有沒有不冰的寶礦力？

咳！咳！

!?

え～!! 咦～!!

あ’’ません～

沒有～

"媽呀！誰要喝不冰的宝石礦力呀～"的表情……

我有點發燒，要去去泡個澡睡覺了……

什麼!! 發燒還泡澡!! 你是頭殼壞去喔～

給我站住！

咦了

在日本若感冒發燒了，就會是↓

被抓去乖乖躺好，不准洗澡之外，還……

來！這給你吃，會舒服一點～

！！！

冰淇淋→

冰…冰淇淋！！！

你是想讓老娘病入膏肓嗎～

火大～～

就像這樣……兩國文化不同，隨便都可以引起大吵一架的戰火……

原來是，一般在日本的習慣，若感冒發燒了——

第一，不能洗澡（怕洗完澡著涼，感冒會更嚴重）；

第二，發燒要吃冰淇淋（一是可以降熱、二是據說可以緩和喉嚨疼痛的症狀）；

第三，感冒等生病時，要吃白粥。

（我個人很愛吃稀飯，所以來日本也常煮稀飯。好吧，我承認是因為我也只會煮稀飯……羞……）

然後在日本人的大王的感覺就會是：老子又沒破病，幹嘛天天給我煮稀飯？然後把稀飯推遠遠的，以拒吃來抗議。

（按～～～）

最後，最近發生了一件不分日本人或台灣人，只要是人應該都會當場放聲尖叫的一件事。

話說上個月跟大王外出用餐……
（攤門大王耶！很難得耶！所以在下異常開心的一邊吃飯，一邊跟大王聊天～）

一邊熱血澎湃的討論著動畫裡的劇情，一邊神采飛揚的敘說著內容（嗯～？這好像是同一件事……）

突然間，從大王口中衝出一個令人驚聲尖叫的單字——

最近瘋狂推薦我看"銀河英雄傳說"這部經典動畫

所以我說很好看吧～

嗯！ラインハルト狠帥 但オーベルシュタイン好討厭～

唯！他大是利害角色啦～

← 宅男熱血滔滔不絕中…

後！那個真的是"陰毛"啦！！

陰毛啦陰毛～ 噗！！ 你說啥！！

！！

吃飯中耶妳…

167

……雖說在下平常是聽很習慣了大王的按鈴羊之類18禁三字經，但是使用如此赤裸裸、令人羞恥到不知所措的單字還是頭一遭。

除了心裡暗暗盤算著，又是哪個多事的台灣損友亂教大王，害得在下要在飯桌上，頓時失去食慾之外，也只好先不打斷，咬著牙，吞下血，繼續給他默默聽下去先……

是低……明明要說「陰謀」，可以給他說成「陰毛」！

（還連續說了三次!!）

還可以給他大大方方、渾然不知……

日本居大解惑

話說,「接接在日本」開站一年多,

陸陸續續收到大家對居住日本提出的問題,

在這裡一併整理成幾篇,簡單為大家解惑一下厚~

簽證篇

要去住日本，首先要面臨的是簽證問題。
除了我們去旅遊用的90天觀光簽證外，還有比較常用的3種簽證：

1.留學用的「留学簽證」
就讀短大、大学、專門学校……等等，是申請「留学簽證」，為1年期限。
就讀語言學校的話，就是申請「就学簽證」，期限為半年。

2.工作用的「就労簽證」
這個就是需要公司提出證件幫忙申請的。

3.家族關係的「配偶者ビザ」、「家族滞在簽證」
跟日本人或有永住資格的人結婚，是申請「配偶者ビザ」，自己（需未滿18歲）的父母是日本人或有永住資格的人，就是申請「家族滞在簽證」。

※「家族滞在簽證」據說條件還滿嚴的，並不是我有個叔叔的表哥住在日本，我就可以去申請了……（鐵定被退件～）

觀光用：
觀光簽証
90天期限

留學用：
留学簽証
年期限

就学簽証
半年期限

工作用：
就労簽証
1~3年期限

家族關係用：
配偶者簽証

家族滞在簽証

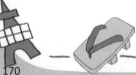

170

想當年，在下到日本時是醬的：在下還在台灣，跟大王討論去日本的細節……

大王的計畫是，我先拿有90天期限的觀光簽證去，然後90天內找到語言學校，辦學生簽證。
（計畫中，這樣就可以待1年先……）

那…所以、我直接去、然後趕快找到語言學校 就好了嗎？

嗯 嗯 OK 啦～

沒有留學過也沒有上網做功課 很不安～

然後捏，買好機票，人也到日本了，好巧不巧的，大王家附近，就有一間小小的語言學校。
於是，兩人趕緊拿著護照等等的證明，到學校，申請入學……

嗯？今天是 4月27日了喔

啊？有什麼問題嗎？

<忘記日本的開學日 一律為4月或10月

另外，你是要申請下學期的嗎？

咦？要申請 這學期馬上唸的 也忘記日本不管申請什麼 都是要提早申請的…

語言學校辦事處

因為講日文一半的都聽不懂

?↙

※特別說明：這位大王先生，生理DNA結構上是純正日本人，但靈魂是大剌剌的台灣人來的！
因此，他不清楚（或 "偶爾"）忘記日本文化的這些細節，也只能說是合情合理，又合邏輯來滴……（淚）

所以，當天到學校碰了一鼻子灰的結論是——
只能選擇申請念3個月短期（但降就沒有學生簽證……），或念下一學期的10月開學班……

於是咧，在下是4月底就到日本，卻要等到10月才能開學。
這中間足足空了6個月，閒置期就算了，第一個要面對的，就是 90 天觀光簽證到期後，就要先回去台灣一次，然後再入境日本……
（機票錢，好浪費啊～～）

回台灣3天，再回火速入境回日本時，果然被日本海關深切的關懷了一下……

然後，左等右等，終於等到
7、8月，可以開始申請念10月
的語言學校。
於是帶了證件，兩人再度前往
語言學校報到……

喂，除了台灣學校的畢業証明，
另外還要 出學費 的人的工作証明，
及存 款 証 明（存款要有 300萬日幣以上）

唔～～～!?

再度不知情，也沒有準備的兩人：

?

因為一開始的學費付款人，填
上了自己的名字，所以需要有
自己的工作跟存款證明。
工作證明的部分，還好前公司
願意開好寄到日本。
接下來，是存款證明的問題。
東問西問下，找到在日本也可
以讓台灣人開戶的台灣銀行。
開了戶，然後存進大王的血汗
積蓄，請銀行列出證明，再
奔回學校，辦申請手續（這
中間足足花了3個禮拜時間
……）。

快走吧

喂!

還得趕回公司

福

最後，終於順利的念了語言學校。然後，很快的1年半的時間過去……
（一點都不快！從五十音不會半音，到考日檢一級，中間經歷了無數次升班考試，以及2次日文檢定大考，才終於念完該死的難死人的日文～）

學校快畢業，同時也表示，在下又要面臨該申請新簽證的問題……

一天，大王說：

捏！明天把印章跟護照帶著，我帶你去區役所

喂？喔，好

（大王一直是問了也不會多回答的無言個性派，所以我也就懶的多問…）

隔天，帶著證件跟著大王到了新宿區役所——

あの～結婚手続きはどこの窓口ですか!

請問辦結婚要在哪個窗口辦呢！

咦……咦咦咦!!??

!?

啡!

嗚～都沒演到一下！不爽～

沒有被求過婚就直接辦結婚，心裡的衝擊太大！

來不及說，不～人家不依啦～～的經典台詞（邊說還要穿著婚紗在大雨裡跑），就迅雷不及掩耳的「被」辦完手續了……

174

於是乎，在下到日本的前3年的簽證為：
觀光簽證2次；
然後，就學簽證3次；
（因為是語言學校，所以是半年的就學簽證）

再來是，莫名其妙的結婚簽證。
（1年期限，期限到，可再去辦延長即可）
一直到現在，有順利的找到工作的話，其實也可以換成工作簽證。不
過，因在下懶，且換了也沒什特別的福利……所以，就一直是用結婚簽
證到現在。

右圖是從觀光簽證，一路辦到學生簽
證、結婚簽證的那一張小小的、不起
眼的，卻就是能搞到你頭昏眼花，只
差沒大喊：那麼麻煩～老娘不辦啦～
那薄薄的那張證明……

↓一開始的觀光簽證

↓然後換成學生簽證

↓然後再換成結婚簽證

↓然後在日本期間
若你要出國
還得辦一張這個
再入國許可的證明 . . .

然後，這是在下到日本之後，才發現
故鄉無限好的，蓋滿Taiwan台灣入境
章的護照……

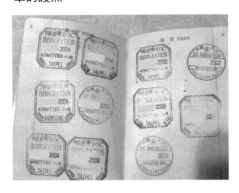

語言學校篇

日本語言學校，基本上，都有依程度來分班級。

所以，不論施主是五十音都不認識；還是已經身懷絕技，只想專攻考日文檢定或大學、研究所；在進入語言學校前，都會有入學考試，以及在專門人員的指導之下，依程度分班。

另外，學期制度也有分為：
留學生的一年制或半年制；跟短期遊學的1～3個月制度的。
（依照各家學校的訂定，而有不同）
施主可依照自己的規劃去選擇。

日本語言學校

留學生	遊學生
·半年制	·1個月
·1年制	·2個月
·1年半制	·3個月
·2年制	～

題外話

請嚴記，各家開學時間一律在4月跟10月。一定要在開學前2～3個月先去報名，才不會落得跟在下的下場一樣，太晚報名，只好等了大半年才能讀……

在下當初是選了一年半制。
不過，班上也有來遊學的學生，只念1個月，然後邊玩、邊體驗日本生活的上班族。
感覺也很不錯，時間足夠體驗日本，又不致於花太多「摳摳」很心痛……

遊學生

哇哈哈
我昨天買這包包耶～

晚上來去PUB玩啦
不然來去唱卡拉OK啦！

哈哈

一個月就要回去，
所以可以大玩特玩

留學生

南無南無～

要清心寡慾
身無一物的專心…

文法唸到昏頭：

厚厚的文法大全要背…

平均=（大約數字）

1個月	約5～6萬円日幣
3個月	約15～18萬円日幣
1年	約65～75萬円日幣

※日幣換算回台幣，請乘以0.3
（請依照當時幣值換算）

來遊學的同學，幾乎都沒有要考日語檢定，所以念得很輕鬆。
要考檢定的同學，則都是過著苦行僧的生活，要隔絕一切誘惑……
決定好想念多久的課程了的話，來看看關於學費又是怎樣的？

在這裡，抓了一個平均值給大家參考用——
（詳細數字，請洽詢各家語言學校或代辦中心～）

然後捏，除了學費，另外的費用就是
房租跟生活費。

●1個月的房租：
從學生宿舍的3～5萬日幣，到在外自
己租屋的7～12萬多日幣。
P.S.有的會另外收押金，約1～2個月房租。

●1個月的生活費：
包括水電費、手機、吃飯、交通費
……等，省一點的話，可以壓在5～6
萬日幣內。
（要有覺悟，像斷絕一切誘惑的苦
行僧般的生活才行！）

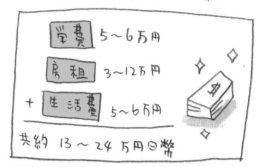

・1個月所需費用大約：

學費	5～6万円
房租	3～12万円
＋ 生活費	5～6万円

共約 13～24万円日幣

※ 還不包括玩樂、聯誼費用喔。

（所以為什麼留學生都要清心寡慾，

付完基本 支出都窮死了……）

學費、房租、生活費都搞定了的話，接下來，就來介紹一下，外國人去
上日本語言學校，大致會經歷的一些階段。
P.S.非客觀、準確抽樣範例；來自在下活生生、血淋淋的親身體驗，請勿列入研究數據
參照喔～～接接不負責發言。

話說，在下當初辦好一切手續，要去上課前——

終於克服萬難可以去上課啦～
我要 來交很多日本朋友，
到時 就不用再苦苦問你日文啦～

老是一問日文就說
"自己去查字典"的
↓ 混蛋大王

開心 ☆ 期待 嘩咔

開學當天，一到教室就發現
殘酷的事實⋯⋯

然後呢，準備好了，就來去上課了！

學日本語的心路過程，基本上，可以
分為5大階段——

去語言學校上課的第一階段是：學
「五十音」。
開始正式上課後，（在下報名的是
最簡單的初級班，從「五十音」
教起）
想說，「五十音」很簡單，一定會很
開心、很輕鬆，還可在沙灘上好快樂
的奔跑！

結果⋯⋯兩週要學會五十音，課程超
趕，除了死背，還是死背！

P.S.而且，老師都是日本人，所以一開
始，就是殺無赦的全程日語教學⋯⋯

這一半是韓國人
↓

這一半是中國人
↓

有一個泰國人？
←

唯一的台灣人
←

怎沒有半個日本人？

啊！對後！
日本人 幹嘛来上
日本語學校啦～

真正喬到人神共怒⋯

では これは？
那這個是什麼？

あ い う え お
さ し す せ

嗯～
呃～

三小来着⋯

日本老師人都超好的

学完"さしすせそ"，可以馬上忘記
"あいうえお"的天才⋯

福

179

教完五十音之後，會來到第2階段：
教「簡單基礎句子」的蜜月期。

過了兩週之後，開始了一段短短的
蜜月期——
老師開始教一些簡單的句子。

例如：
我是學生、你是老師、我去學校
……等等。
這個時候比較輕鬆，老師還會另外
教一些關於日本的有的沒的事物，
像是日本特別的節日、習俗等。

然後捏，快樂的蜜月期很快的過完。
大家也會一點點基本的句子之後，接下來，就來到第3階段：
傳說中，令無數外國人紛紛血濺七步，相繼陣亡的阿修羅文法地獄的教
「文法」。

相信學日文跟沒學日文的人，或多或少應該有聽聞過「日本文法」，這
令人聞風喪膽，瞬間失去理智，並雙手抱頭、失心瘋放聲尖叫的恐怖名
詞……
那到底是怎樣的令人失心瘋呢？
主要是因為日本的文法：

1.多到一個令人很想破口大聲問候林老師……
首先，有基礎的動詞型態：
●動詞肯定形、否定形；
●動詞の過去形；
●い形容詞、な形容詞の過去、現在；
●動詞のて形。
然後，光是助詞就分為：格助詞、並立助詞、
終助詞、副助詞、係助詞、接続助詞、準体助
詞……

還不包括，大名鼎鼎整死人的五段動
詞——
●動詞の可能形；
●動詞の仮定形；
●動詞の意向形；
●動詞の受身形；
●動詞の使役形……

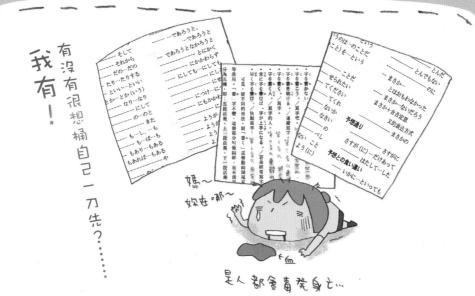

我有！

有沒有很想捅自己一刀先？⋯⋯

媽～
妳在哪～

是人都會昏眩身亡⋯

2.文法很多就算了，當你辛辛苦苦背完以上用法，遇到很多句子，卻不能以以上的規則來寫⋯⋯

因為，日本的句子的特徵就是⋯⋯「很愛搞曖昧」！！

最簡單的曖昧例句：

A：明天要不要去看電影？

B：那個⋯⋯有點⋯⋯。

明日 映画見に
行かない？
明天要不要
去看電影？

あれは⋯ちょっと⋯
那個⋯有點⋯

請問，最後他們有去看電影嗎？

答案：B是在說「NO」！（一頭霧水是吧？⋯⋯簡直比星爺還無厘頭！）

因為，日本文化習慣上，態度曖昧與繞圈圈說話，是禮貌跟美德。

例如，拒絕人家的邀請很沒禮貌，所以要說「NO」的時候，要小心，不要傷到人家的心⋯⋯

所以，演變成「あれはちょと⋯⋯」（不說不能去，而是說「那個⋯⋯有點⋯⋯」）。

既使已經學會使用上方的助詞跟否定型動詞，來回答這一題，答案還是會錯。

因為，正解是文法裡沒有、課本也不會教，但日本人都心照不宣的——「曖昧語」。

然後離開課本、離開教室，在現實的辦
公室，很常會出現的對話，是這樣——

進階版曖昧例句：

今回の件、いけると思う？　是次的案子，可行嗎？

えっと、この調査からはこんな結果が出ました。
でも、こっちの確認結果を考えると、ねらいの
特性に足りなくても、もうちょっと別の角度から
検証してみる必要があると思われる…

嗯～這個調查出現了這樣的
結果，但是，根據這邊的
確認結果下，雖然未達到
期待的特性，一般覺得
需要再從別的角度來檢正
一下看看…

那所以，到底是可行不可行呀？？？

我聽越迷糊

常常在會議中聽的很專心，
還是聽不出結果到底是Yes還是No…

……有沒有很委婉？有沒有很繞圈圈？有沒有聽到後面，神志都不清了……

更有沒有想巴他頭，然後大罵說：羚羊的！你是要說「YES」，還是「NO」，就好啦！廢話一堆，結果是怎樣啦？

不過，很遺憾的告訴大家……這樣的回答方式，才是正解，才是有禮節，才在辦公室能混得好……

日本文化上的「曖昧美德」，課堂上不會教，是要靠自己慢慢體會學習的……（要有覺悟啊同志們～）

然後呢，如果你熬過「文法大魔王」的虐待，也通過「曖昧女魔頭」的考驗的話，真的要給你拍拍手，放鞭炮一下。

恭喜你！已經通過最難的部分。

接下來，將是雨過天晴的最後一關：學「敬語」。

「敬語」雖然也很煩，不過，跟文法
相較之下就很有規章。
只要照表背下來，就可以快樂破關，
欣賞破關影片去啦～

總⋯⋯終於到了這一刻嗎⋯⋯
背完這一章，我就可以去
後台領便當休息了嗎⋯⋯

感動的一刻⋯

破關啦！！

課程的最後呢⋯⋯

通常這時候，語言學校的同學大家，
課程結束，就會有要去考大學、研究
所的，或是要去公司應徵的，都會有
一個重要關卡──「面試」。

日語學校也會很貼心的安排模擬面試的課程，從面試時的敲門、開門、
鞠躬姿勢、坐下的時機，到服裝、使用的敬語⋯⋯都會很仔細的給學生
指導。
P.S.萬一學校沒有，也可以特別請求老師指導的。
以上，與大家共勉之！

總之，老話一句──
學日語，還沒學的人要領悟；
正在學的人，要有覺悟；
已經學完的人⋯⋯恭喜你！
可以領便當，到後台休息了～～

面試 穿著重點：

頭髮不能染
不要戴飾品
深色西裝或套裝
不要擦有色指甲油
黑色素面不露趾
高跟鞋

184

費用篇

朋友說，ㄟㄟ……你在日本工作，薪水不錯吧？還不請老娘吃飯！
然後，就莫名其妙放假回台灣，還被ㄠ一頓牛排走……

話說，日本薪水真的不錯嗎？怎樣的不錯呢？
這裡來跟大家說清楚，講明白好了！

首先，是日本上班族的收入。
日本公司的新人社員，平均月薪約20萬円日幣左右（平均值），而30代
的社員，平均月薪約30～40萬円日幣左右，就算是老子不爽去上班，只
靠麥當勞、便利店打工揾生活，平均月薪也可以有15～20萬円日幣。

日本 上班族 的 平均 收入：

大學畢業的新人員工	30代的公司員工	打工生
約 20 万円	約30～40万円	約 15～20万円
≒ 6 萬多台幣	≒9～13萬多台幣	≒5～6萬多台幣

正在深深嘆口氣、手上簽好辭呈，準備去狠狠丟在豬頭老闆臉上，並且
收拾行囊，訂好機票，準備要到日本打工，順便看櫻花也好～
的那位心酸酸公司待好久老員工……
請等一等先啊，在下話還沒說完啦～～

日本的薪水雖比台灣高，但支出更
高滴！
施主～快快回頭是岸～～
來看看，在下血淋淋實例：
當年，日語學校終於念畢業後，開
始打工生活……

那時是一小時1000円日幣，一週做5
天，天天做滿8小時來算的話，一個
月約有16萬円日幣。
（差不多台幣約5萬多）

然後，領完錢，當然得先把支出付掉。基本支出會有：

日本生活 一個月的 基本支出

| 房租 8万円 | + | 水、電、瓦斯、網路 1.5～2万円 | + | 手機 4千円 | + | 食費 3万円 |

共 15万円 ≒ 5萬元台幣

房租：一般房租平均約7～12萬円，我們家是8萬円
水、電、瓦斯、網路：約1.5萬～2萬円
手機：在日本沒有朋友可以打電話，只繳基本費的話，約4千円
食費：在下試過，最最最省的吃法，一個月也得花3萬円跑不掉

光是基本支出，總共就要15萬円日幣……
薪水袋只剩薄薄一張1萬円日幣（3千元台幣……）

所以，打工時期，在下的生活是這樣滴：

在回收垃圾堆裏整理舊紙箱

那時日文不好，只能打勞力工
在辦公室當打雜小妹
還要在垃圾間整理垃圾……

每天8小時當苦力，狼狽得要死。每天都要多走一段路，以省幾十塊的電車費；走到口再渴，也不敢花錢投路邊販賣機，只為了省幾十元……

（在台灣生活一輩子，沒有省成這樣神經質過……）

甚至，那時台灣朋友打電話來說：

ㄏㄏ～ 日本現在流行什麼，你幫我買一下，我再給你錢～

啊…我…我沒空去買耶…
不敢說是因為根本沒有多餘的錢幫忙先出…

每個月只剩3000元可用
還要跟大王借…

打了半年工,開始了第一個在日本的正職工作——遊戲公司的美術設計,那時的薪水,約有25萬円。
一下子從16跳到25萬。想說,這下好了!終於不用再過收入相等於支出的生活。

結果,一拿到薪水單……

實領2……20萬!?

怎會降,我的25萬只剩20萬!5萬円飛去哪啦?

答案是——
因為,「日本萬萬稅」!
是滴~在日本有正職工作,不管你是日本人還是外國人,免不了都要被扣稅。
然後,要命的是,日本的稅收高、項目又多,光是在下這點微薄的薪水,就要被扣掉:

【健康保険料】:1万円
【厚生年金】:2万円千円
【雇用保険料】:2千円
【所得税】:5千円
【住民税】:9千円
……狠狠被扣了整整5萬円
(約台幣1萬5!)

然後呢，既然在公司上班，難免會有下班跟同事去吃個飯的場合。

在下也想說，身為台灣代表（自以為），總是要來做好國民外交、打好關係來。

（跟愛吃、愛湊熱鬧，也愛八卦⋯⋯真的，一點關係都沒有喔！真的～）

一陣酒足飯飽，大家攤錢付帳的時候⋯⋯

來，1個人5千円

はい

又是一個×到最高點，酒都醒了 →

羡羊的咧～老娘是吃到黃金嗎!!幾塊炸雞薯條幾杯生啤而已，就要花台幣1千5喔!!!

要是⋯⋯萬一⋯⋯如果不幸，您喝酒喝太晚（或加班加太晚），錯過最晚一班的電車，就只能坐小黃回家啦！

日本小黃的收費是降的：

一上車就是近1000円起跳（台幣約300元）之後每一跳是90円（台幣約30元）

嘩!!

每一跳都月尖尖心慌慌

別再跳啦～今天的薪水都給你啦～

那天坐了人生中第一次的近1200元台幣的計程車（從台北坐到桃園機場都還有找的說⋯）

那天坐了約20分鐘車程的計程車，車費為4千多日幣。（合台幣約為1200元大鈔～啊啊啊）

然後呢，在台灣時，一般日常生活中的消遣花費，換到日本，又是如何算的呢？

在台灣，動不動去做個臉、洗個頭，跟朋友喝喝小酒、看看電影，根本已經是全民運動，不算是高級消費。
在這人人都喜愛繁華先進的日本東京呢，就會變降……

日常 消遣花費：

做臉：1～2万円 ≒ 3千～6千台幣

洗頭 =1500円 ≒ 500元 台幣

喝小酒：3000～5000円 ≒ 1000～1500元台幣
（一般居酒屋）

看電影 = 1800円 ≒ 600元台幣
（一張電影票）

去做個臉：1萬～2萬円（3千～6千元台幣）

洗個頭：1500円（500元台幣）

喝喝小酒：3000～5000円

（一般普通居酒屋，

去吃一頓平均要1000～1500元台幣）

看看電影：一張電影票1800円（600元台幣）

光以上的基本消遣花費，就夠嚇人了吧！

日本雖然薪水比較高，但其實消費支出更高。所以，一般的日本上班族，其實生活過得也很儉樸。（每月最大的奢侈花費，大概也就是下班後去喝個兩杯的錢；但加起來就滿可觀了的……）

在日本的上班族，若想存點錢買房子什麼的，那就真的必須省到一個神經質！

這也就是為什麼，在日本有非常多，關於省錢料理、省錢大作戰的電視節目跟書籍雜誌了。（表示大家都很窮來滴……）

看到這裡……

身在火鍋199吃到好撐、便宜夜市逛到腿軟的快樂天堂台灣的大家們，有沒有開始同情起，居酒屋裡，借酒澆愁愁更愁、無心插柳柳橙汁的日本西裝筆挺，內心惆悵似大海的上班族來了捏……！

191

打工篇

話說，到日本「留學打工」，這抬頭聽起來似乎非常響亮。
老實說，在下也曾經對它目眩神迷，又無限嚮往過。
光是想像著，自己可以像那日劇裡的迷糊傻傻女主角，在咖啡店打工，
打著打著，就給他遇到帥到驚死人的型男顧客Ａ；啊～其實真正身分還是
當紅巨星，為了躲避經紀人的緊迫盯人，到這小咖啡店，喝一下咖啡喘
口氣。

然後，女主角就要不意外的，不小心將咖啡倒到型男身上……
然後，兩人就要不意外的吵架鬥嘴；之後，就要不意外的兩人越吵越在
意對方……

然後，兩人就陷入熱戀，卻又不敢跟對方開口～呀～～
啊……不好意思！日本生活實在太安和平靜，
缺少刺激，忍不住妄想了起來……

期待

A科，回到打工主題……

對「留學打工」，嚮往歸嚮往，（在下是妄想歸妄想～）

那到底到日本是打什麼工？

要什麼資格？有什麼種類？工資又是多少？

這些打破幻想回到現實的資訊，意外的，還滿少的樣子……

那在下就以個人的經驗，略表一下拙見，給大家加減了解一下。

1.日本打工的工資，有多少呢？

以下為日本打工的工資的基本參考：

● 東京都內的麥當勞，打工時薪為900～1000多円（約台幣3百多）。
● 東京都的最低時薪，不能低於714円（含稅）。

一個小時3百多台幣，乍看之下好像很多，但是，是有限制的。

大學等的〝留學生〞，是限制1週不能超過28個小時，也就是一個月最多
薪水有11萬多円。

語言學校等的〝就學生〞，是限制一天只能打4個小時，也就是一個月最
多薪水有8萬円。

好像也不錯，對不對！但是，在日本的基本生活費，就要10幾萬円了。

所以，光靠打工來維持在日本的開銷，是非常、超級辛苦的……

（光靠打工半年生活，打到昏天暗地的過來人的心聲～淚～）

2.日本打工的種類，有哪些呢？

打工種類還滿多的比較常見，而且容易簡單的有這幾種：

咖啡店 店員

いらっしゃいませ! 歡迎光臨!

內容=接待客人、點餐、洗杯盤、簡單餐點制作

時薪：1000～1200円日幣

拉麵店店員

みそ ラーメンです～ 味噌拉麵來了～

居酒屋店員

ご注文は… 你心點的是…

其他還有發送宣傳單、搬家公司、清潔工……等。除了外國人的語言能力會有限制外，有些場合，是不准學生打工的（會犯法）。

其實，最普遍，且適合外國人的打工，大概就是：便利商店店員、餐廳、居酒屋、便當店店員。

另外，日語有一定程度後，還可從事翻譯口譯、一般事務助理。
個人最推薦便利商店店員，又可學範圍廣的日文，環境也比較健康安全。

便利商店店員

いらっしゃいませー

・能學正式敬語
・能多方面了解
　日文現狀
・環境健全

題外話

要注意的禁止打工場合
風化場合等、坐檯、酒店、柏青哥那些情色賭博，自然是不行的。另外，要小心的是，連在以上場合只是當洗碗工等，都是不行的喔！萬一被抓到，以後就有可能會被禁止入境日本喔～

而在下當初打工的情形是這樣的：
我跟我的朋友（momo），一樣是台灣人來日本念語言學校，然後一起找打工的工作。

台灣人Momo↓

我↓

日語程度＝3級
會簡單句子
日常会話卡關中

日語程度＝2級
會日常会話
敬語 卡關中

然後我們各自找到的打工種類是這樣：

居酒屋店員

整理坐位、端盤子
接待客人、打雜

辦公室小妹

整理辦公室、接電話
接待客人、打雜

打工的內容看起來差不多，對不對～！？

那之後，一樣的外國人打工生，卻步上完全不同的兩種命運……

196

momo上班時——

M.M. 點餐中.

請問這道菜內容是什麼?

啊… 對不起,日文還不大好,
所以…

光背日文菜單就背到一整個頭昏了…

唉呀,不會講吔呀~
沒關係 沒關係,
在國外生活 很辛苦的~

都是下了班 來喝一杯的日本人.(下班模式)

所以 都特別 心胸寬大

一片 和 樂 融 融

197

就這樣，一樣去打工，卻步上兩種命運。又加上兩人都是第一次跟日本人接觸……

(之前語言學校唯一接觸的日本人就只有永遠很溫柔的日本老師)

打了一陣子工，兩人互相交換心得，結果是……

日本人 都好兇 好恐怖喔…
原来日本人都是這樣的喔…喋…

我想 念台灣 啊啊～～

嗯？我還覺得日本人都好好,
好親切 耶!!

日本人很好啊
我們老闆
還常請我們
吃烧肉呢!

喝悶酒→

同樣 打工生、兩種命運…

一直到多年之後，在下才發現，原來原因是「日本人兩種模式」來的……

(請參照P：117「日本人兩種模式！？」)

休息一下～
順便偷偷貼上接接照片～

↑到日本的第一年，還在對日本無限美好幻想中……
這時還在很開心買了人生第一件浴衣！

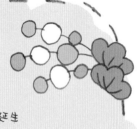

這本書的誕生,要感謝各位:

- 遊戲橘子執行大家長 劉柏園
  感謝橘子的栽培
  沒有遊戲橘子就沒有接接與大王的誕生
- 全力監制本書,並不時要接在下無事哭天遠洋電話
  的心臟很強責編若文
- 對龜毛到最高點在下的一再修改都全面包辦的
  強力美編家琪
- 截稿前突發事件的兩肋插刀超級幫大忙的好友白果
- 人家在趕封面,在一旁納涼打電動,最後還要丟下一句
  「嗯…我覺得一開始的那張比現在的好」的氣死人
  但是好建議的大王
- 一直陪伴在下的閨房好姊妹祥媛、湘怡、瑋瑋
- 最親愛的姑咪與老女馬,我愛妳們~
- 老弟賢賢,感謝你的宅男忠心意見~
- 大王的聽不懂中文老弟城賓
  謝謝你陪我練習日文

ありがとう!!

以及最最重要的~
購買了這本書的讀者大人您!
感謝您的大力支持
大大感謝!!

大感謝

Colorful 27
接接在日本

作　　　者／接接 JaeJae
選書責編／何宜珍
協　　　力／魏秀容
美術編輯／林家琪

版　　　權／黃淑敏、葉立芳、翁靜如
行銷業務／葉彥希、林彥伶、林詩富、莊英傑
副總編輯／何宜珍
總 經 理／彭之琬
發 行 人／何飛鵬
法律顧問／台英國際商務法律事務所　羅明通律師
出　　　版／商周出版
　　　　　　臺北市中山區民生東路二段141號9樓
　　　　　　電話：(02) 2500-7008　傳真：(02) 2500-7759
　　　　　　E-mail：bwp.service@cite.com.tw
發　　　行／英屬蓋曼群島商家庭傳媒股份有限公司城邦分公司
　　　　　　臺北市中山區民生東路二段141號2樓
　　　　　　讀者服務專線：0800-020-299　24小時傳真服務：(02)2517-0999
　　　　　　讀者服務信箱E-mail：cs@cite.com.tw
劃撥帳號：19833503　戶名：英屬蓋曼群島商家庭傳媒股份有限公司城邦分公司
訂購服務／書虫股份有限公司客服專線：(02)2500-7718；2500-7719
　　　　　　服務時間：週一至週五上午09:30-12:00；下午13:30-17:00
　　　　　　24小時傳真專線：(02)2500-1990；2500-1991
　　　　　　劃撥帳號：19863813　戶名：書虫股份有限公司
　　　　　　E-mail：service@readingclub.com.tw
香港發行所／城邦(香港)出版集團有限公司
　　　　　　香港灣仔駱克道193號東超商業中心1樓
　　　　　　電話：(852) 2508 6231傳真：(852) 2578 9337
馬新發行所／城邦(馬新)出版集團
　　　　　　Cit (M) Sdn. Bhd. (458372U)
　　　　　　11, Jalan 30D/146, Desa Tasik, Sungai Besi,
　　　　　　57000 Kuala Lumpur, Malaysia.
　　　　　　電話：603-90563833　傳真：603-90562833
行政院新聞局北市業字第913號

封面設計／林家琪
印　　　務／楊建孟
印　　　刷／卡樂彩色製版印刷有限公司
總 經 銷／聯合發行股份有限公司　電話：(02)2917-8022　傳真：(02)2915-6275

■2010年（民99）7月20日初版　　Printed in Taiwan
　2016年（民105）5月6日初版25刷
定價280元
著作權所有，翻印必究
ISBN 978-986-12-0175-7

城邦讀書花園
www.cite.com.tw

國家圖書館出版品預行編目資料
接接在日本／接接　著. --初版.--
 - 臺北市：商周出版：城邦分公司發行，2010.07　面；　公分. --（Colorful；27）
　ISBN 978-986-12-0175-7（平裝）
855　　　　　　　　　99011675